Diogenes Taschenbuch 22555

de
te
be

Georges Simenon

Hochzeit in Poitiers

Roman

Deutsch von
Ingrid Altrichter

Diogenes

Titel der Originalausgabe:
›Les noces de Poitiers‹

Umschlagfoto von Dennis Stock

*Sämtliche Personen sind vom Autor frei erfunden.
Irgendwelche Ähnlichkeiten mit tatsächlichen
Begebenheiten oder mit Personen,
seien sie lebend oder tot, sind rein zufällig.*

Deutsche Erstausgabe

80/92/8/1
ISBN 3 257 22555 5

1

Jemand mußte plötzlich zu reden aufgehört haben. Aber wer hatte denn gerade geredet? Gérard konnte sich Sekunden später schon nicht mehr daran erinnern. Oder hatte vielleicht gar keiner geredet? Dann wäre ihm allerdings nicht so deutlich aufgefallen, daß sich etwas verändert hatte.

Er hatte schließlich nicht geschlafen. Man schläft doch nicht während eines Hochzeitsessens, erst recht nicht bei der eigenen Hochzeit. Trotzdem, als der Saalkellner beim Hinausgehen wie mechanisch auf den Lichtschalter drückte, schreckte Auvinet hoch, oder sagen wir, um nicht zu übertreiben, er zuckte zusammen und blickte um sich, als ginge ihn das alles nichts an.

Auf einmal war er nicht mehr beteiligt, sondern wurde zum Zuschauer. Oder genauer gesagt, er stellte erschrocken fest, daß er zum Zuschauer geworden war, obwohl er seine Rolle weiterspielte.

Jemand hatte also zu reden aufgehört, das war so gut wie sicher, wahrscheinlich Monsieur Sacre. Jemand, der eine eintönige Litanei herunterbetete, der man gar nicht zuzuhören brauchte, so daß Sekunden verstrichen, ehe man überhaupt merkte, daß es still geworden war.

Ein leises Klicken des Schalters, und das gelbliche

Licht der eben noch nüchtern-weißen Glühbirnen beleuchtete eine in befremdendes Schweigen versunkene Tafelrunde.

In einem Restaurant kann es einem schon mal passieren, daß man auf der Suche nach dem stillen Örtchen die falsche Tür aufmacht und in eine Hochzeitsfeier hineinplatzt.

Aber daß man sich selbst inmitten einer Hochzeitsgesellschaft entdeckt, und noch dazu als Hauptperson! Gérard mußte wie die anderen gegessen und getrunken haben, ohne darauf zu achten, was er tat. Doch jetzt schaute er genau hin, nahm er alles wahr, die nichtigsten Einzelheiten, das leiseste Spiel von Licht und Schatten, und obwohl sein Geist erstaunlich klar war, begann sich alles um ihn herum zu drehen.

An der Wand gegenüber hing links eine Uhr, eine dieser Pendeluhren mit Westminsterschlag, für die in armen Familien jahrelang gespart wurde. Er kannte Leute, Nachbarn, die fünf Jahre in ein und demselben Geschäft schlechten Kaffee kauften, nur weil es dort Wertmarken gab und man für Gott weiß wieviel hundert dieser Wertmarken so eine Wanduhr bekam.

Diese hier zeigte drei Minuten vor vier an, dann zwei Minuten vor vier, und Gérard wartete bereits ungeduldig auf das Läutwerk, das gleich einsetzen würde.

Obwohl Dezember war, war es noch nicht dunkel, durch das Fenster sah man einen Dunstschleier aus Nieselregen, der über der Straße niederging, und zwischen zwei Hausecken waren in der Ferne nasse Gleise und eine Lokomotive zu erkennen, die einsam und wie verlassen auf den Schienen dampfte.

Man hätte die Beleuchtung nicht einschalten sollen, da es noch hell genug war. Das graue Tageslicht, das von draußen einfiel, und das gelbliche Licht der elektrischen Glühbirnen verstärkten einander nicht, sondern hoben sich gegenseitig auf, so daß alles nur um so kläglicher wirkte. Die Tapete an den Wänden war von einem trostlosen, stockfleckigen Braun und löste sich in den Ecken. Auch die Decke war dunkel, mit einem Ölgemälde in der Mitte, von dessen nackten Figuren, wahrscheinlich Putten, nur noch die Umrisse zu erkennen waren.

Das Bedrückendste war jedoch der riesige, schon etwas blinde Spiegel, der sich direkt gegenüber von Gérard jenseits des Tisches entlangzog und in dem die ganze Hochzeitsgesellschaft wie in einem trüben Teich zu einer Reihe von Gesichtern über weißen Hemdbrüsten verschwamm.

Kein Zweifel, jemand hatte gerade zu reden aufgehört, denn sonst hätte einem das Uhrenpendel, das die Sekunden wie ein Metronom heruntertickte, nicht so in den Ohren gedröhnt, daß es einem in den Schläfen hämmerte und man bisweilen meinte, man lausche Urwaldtrommeln. Merkten es die anderen auch? Sie beugten sich über ihre Teller. Sie aßen. Soeben war Hummer mit Mayonnaise serviert worden, und auf dem grellweiß glasierten Steingut vor jedem Gast zeichneten sich bizarre Flecken ab, etwas Rotes mit dicken, gelben Klecksen.

Noch eineinhalb Minuten, und die Wanduhr würde zu schlagen anfangen. Noch eine Viertelstunde, und Gérard würde mit seiner Frau hinaufgehen und sich in einem Zimmer umziehen, in dem sie ihre Straßenkleidung bereitgelegt und ihre Koffer abgestellt hatten. Dann kam der Zug. Dann Paris.

Er wartete mit angespannten Nerven, stierte in den Spiegel, der ihm wie ein Aquarium erschien und in dem er zu seiner Überraschung dem Blick seiner Frau begegnete, die neben ihm saß. Sogar dieser Blickkontakt hatte etwas Sonderbares. Es war, als hätte auch sie sich für einen Moment von der Hochzeitsfeier davongestohlen.

Sie saß dicht neben ihm. Er spürte ihren Arm an seinem Arm, ihr Bein an seinem Bein, doch ihre Blicke trafen sich nur da drüben im Spiegel, in dem sie ihn ein wenig besorgt betrachtete. Beobachtete sie ihn schon lange? Sie dürfte ein Lächeln von ihm erwartet haben, irgendein Zeichen der Verbundenheit, aber statt dessen schaute er sie nur widerstrebend und unverwandt an, als befänden sie sich in einer anderen Welt, in der irdische Gefühle nichts zu suchen haben.

Im Spiegel saß ihre Nase schief. Merkwürdig, er hatte sie noch nie mit einer schiefen Nase gesehen! Mit einemmal war der schelmische, fröhliche Ausdruck wie weggewischt. Das blasse Gesicht mit den rot geschminkten Wangen, die aussahen, als hätte sie sie mit Hummer eingerieben, gehörten nunmehr einem x-beliebigen jungen Mädchen, kränklich und nicht besonders hübsch, jedenfalls nicht für einen nüchternen Betrachter.

Hatte er sie eigentlich jemals hübsch gefunden? Er wußte es nicht. Er wollte es nicht wissen. Wahrscheinlich schon, denn er war wochenlang jeden Abend vor dem Handschuhgeschäft, in dem sie Verkäuferin gewesen war, auf und ab gelaufen. Es war das eleganteste Handschuhgeschäft von Poitiers, mit zwei Schaufenstern voller Handschuhe aus kostbarem Leder. Die Beleuchtung der Auslagen warf goldene Lichtkegel auf die Straße. Er sah noch die nassen Pflastersteine des Gehwegs vor sich – nicht daß es immer geregnet hätte, dennoch erinnerte er sich vor allem an nasse Pflastersteine.

Punkt sechs Uhr kam sie, in einem schwarzen Seidenkleid, aus dem Laden und kurbelte die Rolläden herunter. Er hielt sich etwas abseits. Sie zwinkerten sich zu. Sobald die Lichter in den Schaufenstern erloschen waren, dauerte es nicht mehr lange, bis sie, stets mit hastigen Schritten, das Geschäft verließ. Sie gingen so, als würden sie einander nicht kennen, bis zur nächsten Kreuzung, wo sie Hand in Hand in eine dunkle Seitenstraße einbogen, in der sie sich, an eine Hauswand gelehnt oder in eine Toreinfahrt geschmiegt, endlich nach Herzenslust küssen konnten. Das war Ende des letzten Winters gewesen.

Nun beugte sie sich wieder über ihren Teller. Sie aß vorsichtig, um ihr weißes Kleid nicht zu bekleckern, das Brautkleid ihrer älteren Schwester, das man für sie geändert hatte.

Er trug einen Smoking.

»Unsinn, Gérard. Laß dir lieber einen schwarzen Anzug oder noch besser einen dunkelblauen machen, damit du ihn später auch noch tragen kannst...«

Dieser Einwand war natürlich von seiner Mutter gekommen. Sie war ebenfalls da, im Spiegel, direkt neben Linette, stocherte lustlos auf ihrem Teller herum und aß ohne Appetit, mit ihrem gezwungenen Dauerlächeln, das sie sich selbst dann abrang, wenn keiner hinschaute, und dem man anmerkte, wie sehr sie sich als Opfer fühlte.

»In eurer Lage heiratet man nicht in Weiß. Wozu den Leuten Sand in die Augen streuen und Geld ausgeben, das ihr doch sonst so nötig braucht? Das Essen im Restaurant ist auch so eine verrückte Idee. Das kostet viel und schmeckt nicht so gut wie zu Hause...«

Was hätte sie erst gesagt, wenn sie gewußt hätte, daß er die Hälfte des Essens bezahlte? Hatte sie ihm nicht ausdrücklich erklärt, der Bräutigam habe nur für die Fahrzeuge und für die Kosten in der Kirche aufzukommen, während das Hochzeitsmahl die Sache seiner Schwiegereltern sei!

Der Smoking war nicht neu. Er hatte ihn dem Bürovorsteher abgekauft. Seiner Mutter hatte er erzählt, er habe zweihundertfünfzig Franc dafür bezahlt, und da hatte sie noch gefunden, das sei zu teuer, so viel sei er nicht wert. In Wirklichkeit hatte er vierhundert bezahlt. Genauer gesagt, er hatte nur zweihundert Franc angezahlt, jedoch sein Wort gegeben, daß er den Rest im nächsten Monat überweisen würde.

»Mutter, versprich mir, daß du keine Szene machst, daß du nicht weinst, daß du deine Zunge im Zaum hältst...«

Das war am Morgen gewesen, bei ihnen zu Hause, in ihrer Dreizimmerwohnung im Stockwerk über Madame Doré. Er hatte sich beim Rasieren geschnitten. Das Wasser zum Waschen stand in großen Kesseln auf dem Küchenherd. Seine Mutter schniefte. Sie weinte nicht richtig, aber man merkte, daß sie den Tränen nahe war.

»Nimm dich zusammen, und zeig dich von deiner freundlichen Seite!«

»Haben sie sich vielleicht mir gegenüber von ihrer freundlichen Seite gezeigt? Hat sie jemals auch nur ein nettes Wort für mich übrig gehabt?«

»Du hast angefangen, das weißt du genau.«

»Wenn ich mir vorstelle, daß du kaum zwanzig bist.«

Auch sie zog sich festlich an. Doch zuerst war sie noch im Korsett herumgelaufen. Sie hatte sich nie vor ihm geniert. Jedesmal, wenn sein Blick auf ihre schlaffen, fahlen Brüste in dem zu locker sitzenden Korsett fiel, wandte er den Kopf ab.

»Manchmal, da frage ich mich wirklich...«

»Sei doch still, Mutter!«

»Ich weiß, dir ist das lästig, wenn ich darüber rede.«

Es verdroß ihn, jagte ihm Angst ein und brachte ihn am Ende so in Wut, daß er eines Abends, an dem Abend, an dem er ihr angekündigt hatte, daß er heiraten wollte, seine Mutter beinahe geschlagen hätte.

Warum mußte sie ihn denn so beharrlich und so mißtrauisch beobachten? Sie kannte Linette überhaupt nicht. Sie hatte sie nie gesehen. Dennoch sagte sie:

»Ein anständiges Mädchen wirft sich nicht einem jungen Mann an den Hals, dessen Familie sie nicht einmal kennt...«

Sie sagte noch... Es kam nicht darauf an, was sie sagte, sondern darauf, wie sie ihn dabei anschaute, was sie dachte und nicht auszusprechen wagte und was sie immer wieder beschäftigte.

»Wer weiß, ob es bei dir nicht so ist wie bei deinem Cousin Bertrand...«

Dieser Satz hatte innerhalb der Familie eine ganz bestimmte Bedeutung. Cousin Bertrand, der Medizin studiert hatte und eine gute Partie hätte machen können, mußte eine kleine Arbeiterin heiraten, weil er ihr ein Kind angehängt hatte.

Noch an diesem Morgen, im Auto auf dem Weg zum Standesamt... Es regnete. Im Wagen war es feucht, das Fenster schloß nicht richtig, seiner Mutter hing ein helles, zitterndes Tröpfchen an der Nasenspitze, und sie hatte in ihren schwarzen Zwirnhandschuhen kalte Finger. Sie waren zum letztenmal an diesem Tag unter vier Augen gewesen. In wenigen Minuten würden sie nicht mehr nur eine Mutter und ihr Sohn sein, denn von nun an würde eine dritte Person zwischen ihnen stehen.

»Glaubst du wirklich, Gérard, daß du eine glückliche Ehe eingehst? Wir hatten es doch so gut, wir zwei...«

Sie war dem Weinen nahe. Sie weinte. Er mußte ihr sagen, daß sie noch etwas Puder auflegen sollte, bevor sie das Standesamt betraten, wo sie immer noch schniefte.

Die Stimmung war äußerst gespannt. Man ahnte es, spürte es, wartete, und es dauerte lange, unendlich lange, bis die berühmte Wanduhr zu schlagen begann und jemand, Monsieur Coutant, sich aufrichtete, eine goldene Uhr aus der Westentasche holte, sie langsam aufzog und dabei wie einen Urteilsspruch verkündete:

»Vier Uhr...«

Linette flüsterte:

»Es wird Zeit für uns ...«

Gott weiß, warum sie dabei das Bedürfnis hatte, ihre Hand auf den Arm ihres Mannes zu legen. Hieß das etwa, daß sie von ihm Besitz ergriff? Madame Auvinet behauptete ja, sie sei Gérard nachgelaufen, die ganze Familie sei sich darin einig gewesen, ihn sich zu angeln, wie sie sich ausdrückte.

Leute, die drei Töchter haben und darauf aus sind, sie schnellstens unter die Haube zu bringen ...

Und da geriet Gérard mit einemmal in Panik. Freilich glaubte er nicht alles, was seine Mutter erzählte. Er wußte, daß das nicht stimmte. Er kannte die Bonfils, sie hatten ihn in ihrem Haus empfangen. Sie waren biedere Leute. Ein bißchen vulgär. Sie waren nicht so gebildet. Ihr kleines Haus mit einem großen Garten im unteren Teil der Stadt sah aus wie das typische Haus einer Arbeiterfamilie. Vater Bonfils war stolz darauf, daß er seit dreißig Jahren Eisenbahner war und man ihn aufgrund seiner Dienstjahre zum Leiter der Frachtgutabteilung befördert hatte. In seinen Augen war das eine Welt, zu der gewöhnliche Sterbliche keinen Zutritt hatten, und er sprach darüber mit der gleichen feierlichen Zurückhaltung, mit der sich andere über Staatsgeheimnisse unterhalten.

Er rauchte eine Pfeife mit langem, gebogenem Holm, die sehr intensiv roch und bei jedem Zug ein widerliches Blubbern von sich gab. Aus seinen Nasenlöchern ragten schwarze Haarbüschel heraus. Wann immer er eine freie Minute hatte, schlurfte er in Holzschuhen in seinem Garten herum.

Seine Frau hatte sich zur Feier des Tages in schwarze Seide geworfen und trug eine große Kamee als Brosche. Wahrscheinlich lag es an einer Hautkrankheit, daß ihre Nase so rot war, es war ein ganz besonderes Rot, an das Gérard sich allerdings bereits gewöhnt hatte. Warum hatte sie sich diese Nase bloß so gepudert? Aus dem Rot war ein unnatürliches Violett geworden, wie die Farbe gewisser Fondantbonbons. Es sah schauerlich aus. Mitleiderregend.

Linette stieß ihn unter dem Tisch mit dem Fuß an, wurde unruhig, sah auf die Uhr und flüsterte ihm ins Ohr:

»Du solltest dafür sorgen, daß schneller bedient wird... Sie sollen schon mal den Champagner einschenken, wegen der Trinksprüche...«

Ach ja... Daran hatte er gar nicht mehr gedacht, weder an den Champagner noch an die Trinksprüche. Sicher würde Monsieur Sacre das Wort ergreifen, der stellvertretende Bahnhofsvorstand, der sich bereit erklärt hatte, Linettes Trauzeuge zu werden. Das lag geradezu auf der Hand. Er war die herausragende Persönlichkeit. Seine Frau, eine zierliche Brünette mit schlechten Zähnen, hatte unter dem Vorwand, daß es im Saal kühl sei, ihren Pelzmantel um die Schultern behalten. Sie hielt das für sehr vornehm und fühlte sich als Dame von Welt, die es zu kleinen Leuten verschlagen hat.

Dann war da noch Monsieur Coutant, der wie ein Jesuit in Zivil aussah und dem stellvertretenden Bahnhofsvorstand seinen Rang streitig machte, denn er war Prokurist in der Anwaltskanzlei Bonte. Auch Madame

Coutant war da. Und Mimi, Linettes Schwester, die erst sechzehn war und als Verkäuferin im Warenhaus Prisunic arbeitete. Sie hatten ihr ein hellblaues Satinkleid machen lassen, das ein bißchen zu weit war, ein bißchen steif und ihr um den kleinen, mageren Körper schlotterte.

»Garçon!...«

Der Kellner, der die Aufforderung verstanden hatte, entkorkte den Champagner, wobei ihm alle zusahen und nur darauf lauerten, daß der Korken an die Decke schoß.

»Liebe Freunde, ich erhebe mein Glas...«

Draußen war es noch immer nicht ganz dunkel. Nebelschwaden in der Farbe des Spiegels trübten den Blick durch die Scheiben, und jenseits der Straße war das helle Rechteck eines erleuchteten Fensters zu erkennen, an dem eine Frau vornübergebeugt an einer Nähmaschine saß.

»...auf dieses junge Paar, das in Paris sein Glück finden...«

Gérard mußte mit Linette anstoßen, dann mit der ganzen Familie und mit allen übrigen Gästen.

»Was ist, Kinder, gebt ihr euch denn keinen Kuß?«

Er sah seine Frau an. Sie neigte ihm ihr Gesicht entgegen. Er küßte sie.

»Na, hört mal, nicht so zaghaft!«

Über die gesamte Länge der Tafel verteilt lagen Nelken auf dem weißen Tischtuch. Gérard hatte sich eine ins Knopfloch gesteckt. Sein Schwiegervater ebenfalls.

Keine Stunde mehr, dann würde der Zug sie nach Paris entführen, dann waren sie endlich für sich. Seine

Mutter sah ihn wehmütig an, seine Mutter, die er nun gleich allein unter all den Leuten zurücklassen würde. Wenn es nur zu keinem Zwischenfall kam, kein unseliges Wort fiel! Danach würde sie dicht an den Häusern entlanglaufen, in ihre Wohnung, in der sie die ganze morgendliche Unordnung vorfand.

»Gehen wir rauf?«

Er nickte, entschuldigte sich bei den Gästen. Es war Zeit für den Zug. Man sah ihnen auf dem Weg zur Tür nach. Sie stiegen die Treppe mit dem rötlichen Läufer hinauf, an der drei Messingstangen fehlten.

»Was hast du denn gehabt, Gérard?«

»Ich?«

»Du hast dreingeschaut, als wär dir was im Magen gelegen. Ich wette, du hast zuviel getrunken...«

»Nein... Nur ein bißchen...«

Es stimmte. Er hatte seit dem Morgen viel getrunken, mechanisch, aber er war nicht angeheitert. Im Gegenteil. Er sah die Dinge vollkommen klar, zu nüchtern, eher so, wie man sie sieht, wenn man sehr früh aufsteht, und nicht wie am Abend, nach einem Tag unter geselligen Leuten.

Sie betraten das Zimmer. Vom Fuß der Treppe kam die verschüchterte Stimme von Madame Bonfils, die fragte:

»Brauchst du mich, Linette?«

»Nein, Mama! Danke!«

Und die Tür war kaum geschlossen, da sagte sie:

»Arme Mama! Sie hat ja keine Ahnung... Hakst du mir mein Kleid auf? Hast du auch keine fettigen Hände?«

Er half ihr. Sie zog sich aus. Es gab nur eine zu schwache, nackte Glühbirne, ein Bett mit einem dicken, roten Plumeau und einen kleinen Waschtisch, unter dem ein emailliertes Bidet stand.

»Wir haben gerade noch Zeit...«

Er wechselte die Schuhe, denn er hatte ganz leichte Schnallenschuhe getragen, weil die billiger waren als Schuhe aus Lackleder.

»Ich hatte bis zuletzt Angst vor deiner Mutter. Hoffentlich nutzt sie nicht die Gelegenheit aus und macht doch noch eine Szene, sobald wir weg sind...«

»Ich glaube nicht. Sie hat mir versprochen...«

»Meinst du wirklich, sie weiß es?«

»Sie ahnt es. Aber sie würde es auch denken, wenn es nicht so wäre. Bei mir rechnet sie von vornherein mit dem Schlimmsten...«

»Nicht zu fassen, was die mich hassen kann. Ich dachte, gleich beißt sie mich, als sie mich vorhin in der Sakristei umarmen mußte. Wenn du wüßtest, wie schwer es mir fällt, sie Mama zu nennen.«

»Sie wird jetzt ganz allein sein.«

»Sie konnte doch wahrhaftig nicht damit rechnen, dich ein Leben lang unter ihrer Fuchtel zu behalten.«

Schweigend zogen sie sich an. Linette wechselte die Strümpfe.

»Ist dir gar nicht schlecht geworden?«

»Nein. Trotzdem werde ich vor Erleichterung aufatmen, wenn wir erst einmal fort sind. Vor allem wegen meiner Schwester. Es ist schwierig, wenn man im selben Zimmer schläft. Sie beobachtet mich dauernd, wenn ich mich wasche.«

Er war beinahe gerührt, aber weil er nicht genügend Zeit hatte, sagte er nur halbherzig:

»Mein armer Schatz . . .«

Er erinnerte sich wieder daran, wie er im vorigen Monat kurz nach Ladenschluß des Handschuhgeschäfts mit ihr durch die schlecht beleuchteten Straßen gehastet war.

»Bist du sicher, daß wir niemandem begegnen werden? Wird *er* auch nichts ausplaudern?«

»Das darf *er* nicht. *Er* ist an seine Schweigepflicht gebunden.«

»Ich habe solche Angst, Gérard.«

Sie hätten zu einem Arzt gehen können, den sie nicht kannten. Warum hatte er sich für den Hausarzt seiner Familie entschieden, der seinen Vater bis zu dessen Tod behandelt hatte und der auch ihn schon behandelt hatte, als er noch ein kleines Kind war? Sie warteten lange, in einem winzigen Wartezimmer, in dem alte Zeitschriften herumlagen. Schweigend führte der Arzt sie in sein Sprechzimmer. Als wüßte er bereits, warum sie hier waren. Dann stellte er doch ein paar Fragen, erkundigte sich nach Daten. Schließlich, nach einer gräßlichen Untersuchung im Schein einer grellen Lampe, richtete er sich wieder auf.

»Genau was Sie befürchten, Mademoiselle.«

Da faßte sich Gérard ein Herz:

»Hören Sie, Doktor! Sie kennen doch meine Mutter. Sie wissen über meine Verhältnisse Bescheid. Wäre es nicht möglich . . .«

»Nein.«

»Aber kennen Sie nicht wenigstens jemanden . . .«

Nichts. Höchstens Adressen, die man auf der letzten Seite der Zeitungen fand. Ein schmutziger Altbau. Ein Treppenhaus, in dem Kinder auf den Stufen saßen und spielten. Küchendünste und eine Frau mit abweisendem Gesicht und grauem Haar, die beim Zuhören ihre mageren Hände aneinanderrieb.

»Glauben Sie mir, unter zweitausend Franc kann ich nichts machen. Das Risiko ist zu hoch. Erst letzte Woche hat man eine verhaftet...«

Er wußte genau, daß er die zweitausend Franc nicht auftreiben würde. Er stand sogar beim Kellner des ›Café du Pont-Neuf‹ in der Kreide. Er wußte auch, daß ihm sein Patron, Monsieur Valterre, keinen Centime Vorschuß geben würde. Dennoch hatte er ihn außerhalb der Bürozeiten aufgesucht. Zum erstenmal war er in seine Wohnung hinaufgegangen. Er hatte ihm alles gebeichtet.

»Tut mir leid, mein Freund.«

Hatte er nicht sogar angedroht, daß er sich umbringen würde? Schon möglich. Er wollte nicht mehr daran denken. Am Abend waren sie durch die Straßen gelaufen, endlos lange, und Linette hatte sich mit hängendem Kopf mitschleifen lassen.

»Solange ich nur achthundert Franc im Monat verdiene, werden deine Eltern nie und nimmer...«

Und wie sollten sie, wenn sie in Poitiers blieben, die Wahrheit verbergen?

»Hast du den Kofferschlüssel?«

»Er muß auf dem Nachttisch liegen. Wart, mach noch nicht zu! Du hast meine Schnallenschuhe vergessen.«

Er lief im Zimmer auf und ab, während die Welt um ihn herum scheinbar aus den Fugen ging. Er mußte doch ein bißchen zuviel getrunken haben. Es rumorte in seinem Magen, er hatte einen leeren Kopf, und er war traurig, abgrundtief traurig.

»Gérard...«

»Ja...«

Sie blickte ihm in die Augen und sagte:

»Wir zwei...«

»Ja, mein Liebling, wir zwei...«

Für einen Moment drückte er sie an sich. Sie hatte bereits ihren braunen Wollmantel an und ein schwarzes Hütchen auf dem Kopf.

Er liebte sie schon, aber er haderte trotzdem mit seinem Schicksal. Er war doch erst zwanzig, da hatte seine Mutter schon recht. Ihm kam es so vor, als ziehe er nicht freiwillig fort, sondern eher so, als würde er ausgestoßen, hinaus ins Ungewisse.

Seine Mutter hatte genau gemerkt, daß er sich manchmal in seinen Lügengespinsten selbst nicht mehr zurechtfand. Dabei fiel ihm das Lügen erstaunlich leicht. Hatte er sich erst etwas in den Kopf gesetzt, dann war er durch nichts mehr aufzuhalten.

Er wollte nach Paris, weil es sein mußte, weil er keine andere Wahl mehr hatte.

Freilich hatte er schon immer nach Paris gewollt, allerdings unter anderen Umständen. Er hatte immer gewußt, daß er nicht in Poitiers bleiben würde, daß er sein Leben nicht wie sein Vater damit zubringen würde, einem Notar die Bücher zu führen.

Er hatte sich auch immer danach gesehnt, nicht allein

zu sein. Zu zweit! Schon als er achtzehn war und sogar noch jünger, verging er vor Ungeduld, einer fast schmerzlichen Ungeduld, sobald er zwei Gestalten sah, die sich in einem Hauseingang aneinanderschmiegten. Und dann, als er mit Linette endlos lang durch die Straßen lief und sie nur stehenblieben, um sich in einem dunklen Winkel zu umarmen, da hatten sie schon ihr Fenster, ein stets erleuchtetes Fenster in einer düsteren Straße, vor dem sie ins Träumen gerieten.

Zu zweit sein, in den eigenen vier Wänden! Die Tür schließen. Den Vorhang zuziehen. Zu zweit, bei Lampenschein, in behaglicher Wärme...

»Gehen wir runter!«

Der Kellner stand bereits auf dem Treppenabsatz, um ihnen die beiden Koffer abzunehmen, von denen einer neu war, erst tags zuvor eigens für diese Reise gekauft. Noch mehr Schulden. Von wem hatte Gérard nicht Geld geborgt!

Unten redete man über sie, während man die Zigarren mit Bauchbinde ansteckte und sich auf den Stühlen zurücklehnte. Man unterhielt sich über ihre Zukunft, über den großartigen Posten, der ihn in Paris erwartete.

Begann er denn nicht als Sekretär des Romanschriftstellers Jean Sabin? Verdiente er nicht von Anfang an zweitausend Franc im Monat? Das ging so weit, daß Monsieur Bonfils, der nach dreißig Dienstjahren bei der Eisenbahn nur achtzehnhundert verdiente, fast ein wenig gekränkt war. Er bewunderte ihn, aber mit heimlichem Neid.

»Nun ja, wir haben wenigstens eine sichere Pension«, rückte er zu seiner Ehrenrettung die Dinge ins rechte Licht.

Und all das stimmte gar nicht! Linette wußte es. Sie hatten diese Zahl in gegenseitigem Einverständnis in Umlauf gebracht, um die Einwilligung zur Heirat zu bekommen. Gérard würde achthundert Franc verdienen – wie in Poitiers –, und davon sollte er noch dreihundert an seine Mutter schicken!

»Aber nein... Ich möchte nicht, daß uns jemand zum Bahnhof begleitet. Nicht wahr, Gérard?... Feiert noch schön! Wir brauchen doch nur über die Straße zu gehen...«

Sie umarmte ihren Vater, ihre Mutter. Ein wenig länger ihre Schwester, die ihr etwas ins Ohr flüsterte, worüber sie laut auflachte.

»Wiedersehen, Mutter...«

»Wiedersehen, Sohn...«

Madame Auvinet hielt sich tapfer, sie weinte nicht, schniefte nur ein bißchen, dann blickte sie verzweifelt um sich.

»Paßt gut auf euch auf!«

Ein Händedruck mit Monsieur Coutant, mit Monsieur Sacre. Sie gingen. Und schon waren sie draußen, wo es inzwischen dunkel geworden war, aber immer noch ein feiner Regen fiel, der in winzigen Tröpfchen auf ihren Wollmänteln hängenblieb.

»Hast du die Fahrkarten?«

Er hatte sie. Sie würden in der ersten Klasse reisen, denn sie hatten Freifahrscheine bekommen. Ein Kellner folgte ihnen mit den Koffern. Sie durchquerten die

Schalterhalle und gingen die Bahnsteige entlang, auf denen die Menschen Schlange standen. Es war kalt und feucht.

»Reisende nach Paris...«

Die sonore Stimme aus dem Lautsprecher erfüllte den Bahnhof. In der Ferne tauchte ein Zug auf. Ein rotes Signal am Ende der Geleise in der regennassen Nacht, dann ein ohrenbetäubender Lärm.

Er half seiner Frau auf das Trittbrett hinauf und reichte ihr die Koffer.

»Sind noch Plätze frei?«

Ein roter Teppichboden. Er war bisher noch nie in der ersten Klasse gereist. Es saßen bereits zwei Personen im Abteil, Leute aus Bordeaux, sicher Bankiers oder Anwälte, die sich kannten, die rauchten und über ihre Geschäfte redeten. Sie trugen Handschuhe aus Wildschweinleder und hatten die Beine übereinandergeschlagen, so daß über dem Schuhrand ihre seidenen Socken zum Vorschein kamen.

»Stört Sie der Rauch, Madame?«

»Nein, Monsieur.«

Unbekümmert setzten sie ihr Gespräch fort, und ihr Atem roch noch nach dem Cognac, den sie kurz zuvor im Speisewagen getrunken hatten. Eine Frau im Nerz ging am Abteil vorbei und warf einen gleichgültigen Blick hinein, mag sein, daß sie über Linas Stoffmantel ein wenig erstaunt war.

Gérard sah sehr genau, was ihnen alles fehlte. Er spürte, daß jeder sie richtig einschätzte, sogar der Kellner, der die Platzkarten für das Abendessen ausgab.

»Du hast einen roten Kopf«, flüsterte Linette ihm zu, die ihn seit einer Weile beobachtete.

»Ach ja! ... Es ist sehr warm hier drinnen ...«

»Ich frage mich noch immer, ob deine Mutter ...«

Er dachte schon nicht mehr an sie. Noch dreieinhalb Stunden, dann waren sie in Paris, nur sie beide. Sie beide auf dem Bahnsteig, dann in der Metro ...

Madame Bonfils hatte Madame Coutant erklärt:

»In der ersten Zeit wohnen sie lieber im Hotel. Es ist so schwierig, in Paris eine Unterkunft zu finden. Da ist es schon besser, daß sie sich erst einleben und in Ruhe ihr Viertel aussuchen. In ein paar Monaten, wenn sie sich dann häuslich niederlassen, schicken wir ihnen ihre Möbel nach.«

Als er im Speisewagen die Flasche Listrac anbrach, die vor ihm stand, mahnte Linette:

»Trink nicht zuviel Wein, Gérard! Du hast schon glänzende Augen.«

Er merkte es. Er spürte, wie es in seinen Lidern kribbelte. Trotzdem trank er mechanisch weiter. Der Wein machte ihn schläfrig. Auf dem Gang blieb er stehen und schaute durch die langgezogenen Regentropfen hindurch auf die Lichter, die in der Dunkelheit vorüberhuschten.

Jedes dieser Lichter erschien ihm wie ein sicherer Hafen. Sie fuhren an einem niedrigen Gehöft vorbei, dessen Dach kaum so hoch war wie der Bahndamm. Zwei Fenster waren beleuchtet, und das reichte schon aus, seinen Neid zu wecken. Sogar ein kleiner Bahnhof, auf dem ein einsamer Beamter die Kelle schwang, machte ihn neidisch.

Ihm kam es so vor, als wisse jeder andere, wohin er gehörte, als habe jeder andere irgendwo ein warmes, gemütliches, ruhiges Plätzchen, und das Rattern des Zugs dröhnte ihm wie aufreizende Musik in den Ohren, riß ihn mit sich fort, immer weiter.

»Sehr gesprächig bist du ja gerade nicht...«

Er betrachtete die beiden Reisenden, die sich unablässig über ihre Geschäfte unterhielten und sie von Zeit zu Zeit mit einem flüchtigen Blick streiften.

Er hätte mit Linette allein im Abteil sein müssen. Dann hätte er sich vielleicht an sie geschmiegt. Bei gedämpfter Beleuchtung hätten sie den Vorhang hochgezogen und das nächtliche Schauspiel draußen beobachtet, die Scheinwerfer, die vorbeiglitten, die Autos, die auf den endlosen Straßen dahinrollten, einen Radfahrer, der mit seiner angezündeten Laterne vor der geschlossenen Schranke eines Bahnübergangs hielt.

Sie standen beide auf dem Gang, als sie die ersten Hochhäuser der Vororte entdeckten. Manche, in denen alle Fenster erleuchtet waren, ragten mit ihren acht Stockwerken aus noch neuen Steinen einsam zwischen alten Villen mit Freitreppen und Gärten empor.

Gérard spürte, wie sich nackte, eiskalte Finger in seine Hand schoben. Er drückte sie unwillkürlich, und als die Reisenden in ihre Mäntel schlüpften und die Koffer aus den Gepäcknetzen fischten, murmelte Linette:

»Nur keine Angst! Es wird schon werden!«

2

Er schrieb: *Du beklagst Dich, daß Du so allein bist und daß ich Dir nicht oft genug schreibe.*

Wenn Du wüßtest, wie wenig Freizeit einem das Leben in Paris läßt, vor allem einem jungen Mann wie mir, der sich seine Existenz aufbauen muß. Bei Euch da unten kann man sich nur schwer die Schlacht vorstellen, die hier tagtäglich tobt und die es wirklich in sich hat.

Sich emporzuarbeiten, das ist ein ständiger Kampf, bei dem die Schwachen keine Chance haben: Man hat nicht einmal genug Zeit zu merken, daß sie auf der Strecke geblieben sind …

Er zuckte zusammen, weil er meinte, es sei jemand an der Tür. Hastig schob er den Briefbogen unter sein Löschblatt, griff nach einem Stapel blauer Briefumschläge und beschriftete sie mit den Adressen, die auf einer Liste standen. Aber nein, es kam niemand herein. Er hörte nur noch die Stimme des Kommandanten, der in seinem Zimmer direkt über dem Büro einen Besucher empfing.

Irgendwann am späteren Nachmittag gab es einen Augenblick, in dem Gérard sich wieder so fühlte wie damals in der Schule, als er noch sehr klein war und als er, sobald das Licht eingeschaltet wurde und die

Wärme das Ihre tat, allmählich einnickte. Ohne ganz einzuschlafen, döste er vor sich hin, bis die Dinge um ihn herum ihr alltägliches Aussehen verloren, mit seltsamen Schatten verschmolzen und zu Gestalten aus einer Traumwelt wurden.

Sein Arbeitstisch hier war ein einfacher Küchentisch, auf dem mit Reißnägeln befestigtes Packpapier lag, und er hatte bereits genügend Zeit gehabt, dieses Papier mit Arabesken und Initialen vollzukritzeln.

An dem Tisch neben ihm saß Mademoiselle Berthe, frisch, mollig, immer korrekt frisiert, immer lächelnd oder zumindest heiter, und tippte auf der Schreibmaschine die Post des Kommandanten. An der Wand gegenüber, etwa in der Mitte, war ein schmaler Kamin aus schwarzem Marmor, in dem Knüppelholz loderte. Drouin – in Wirklichkeit sagte und dachte Gérard »Monsieur Drouin« – kehrte dem Feuer den Rücken zu. Ein stämmiger, jähzorniger Mann mit gerötetem Gesicht, was vielleicht von der Wärme, vielleicht auch von seinem normannischen Temperament kam. Er war beinahe der Chef. Auf jeden Fall der Chef in diesem Büro. Auch er schlug die Zeit damit tot, daß er Briefe schrieb, die er unter sein Löschblatt schob, sobald der Kommandant herunterkam. Er schrieb sie mit einem zärtlichen Lächeln, das in krassem Gegensatz zu seinem kantigen Gesicht mit den markanten Zügen stand, und jeder wußte, daß sie an seine Freundin gerichtet waren.

An der rechten Wand schließlich, die von zwei Fenstern ohne Rolläden und ohne Gardinen unterbrochen wurde wie von zwei schwarzen, nächtlich angelaufenen, gläsernen Rechtecken, hing das Mahagonischaltbrett der Telefonzentrale mit den kleinen weißen Scheiben, die bei jedem Gespräch herunterklappten, mit den roten Stöpseln, den Drähten und den Hebeln aus Nikkel. Und in Reichweite davon tippte, bleich und rastlos, Mademoiselle Lange mit unglaublicher Geschwindigkeit auf der Schreibmaschine. Sie war Jean Sabins eigentliche Sekretärin.

Es war ein altes Haus, ganz hinten in einer finsteren Sackgasse, die man zwischen zwei großen Wohnblocks kaum wahrnahm, wenn man am oberen Ende der Rue du Faubourg Saint-Honoré in die Rue Daru einbog, nur wenige Schritte von der Place des Ternes entfernt. Wahrscheinlich war es lange nicht bewohnt gewesen, denn die verschossenen Tapeten mit den ausgebleichten Farben und Mustern lösten sich von den Wänden, die einst grauen Türen waren schmutzig, die Fußböden uneben, und in den Räumen sah man noch die Rohrleitungen der ehemaligen Gasbeleuchtung.

Er nahm sich seinen Brief wieder vor, stierte mit leerem Kopf in die Flammen und fand endlich den Faden wieder.

Aber ich werde nicht auf der Strecke bleiben, ich bin kein Schwächling. Ich will mein Ziel erreichen, und ich werde es erreichen, und weil ich das immer gespürt habe, weil ich meiner Bestimmung gefolgt bin, deshalb habe ich Poitiers verlassen. Ich weiß ja, daß ich Dir, meine arme Mama, damit viel Kummer bereitet habe. Ich weiß, daß Du jetzt einsam bist und daß Dein Leben nicht lustig ist. Aber hätte ich deshalb meine Zukunft aufs Spiel setzen sollen? Du wirst noch die erste sein, die eines Tages froh darüber ist, daß Du dieses Opfer gebracht, daß Du mir nicht im Wege gestanden hast.

Du wirst sehen, es werden bessere Zeiten kommen. Ich will es. Hier fühle ich, daß ich was aus mir machen kann, daß ich jemand werde. Und Linette, die Du leider nicht gut genug kennst, wird mir dabei helfen, denn sie traut mir etwas zu, sie versteht mich.

Einstweilen leben wir bescheiden, denn wir müssen an die Zukunft denken. Wir sparen uns das Geld vom Munde ab, und trotzdem kannst Du Dir nicht vorstellen, wie schnell es einem zwischen den Fingern zerrinnt. Deshalb hast Du auch den Betrag noch nicht bekommen, den ich Dir versprochen habe, bitte, hab noch ein bißchen Geduld ...

Es war halb fünf. Auf dem Kamin stand eine Schachtel, in die im Laufe des Tages die Post gelegt wurde. Etwas später, um fünf, würde Gérard die Briefe, Pakete und Einschreiben herausnehmen und zum Postamt in der Rue Balzac bringen. Es sei denn ...

Eine der Metallklappen der Fernsprechanlage fiel herunter. Mademoiselle Lange nahm den Hörer ab. Aus dem Mikrofon ertönte die sonore Stimme Jean Sabins.

»Sind Sie dran, Lange? ... Verbinden Sie mich sofort mit dem Präsidium des Ministerrats ...«

Auch wenn man einzelne Wörter nicht verstand, konnte man sie sich zusammenreimen, und Mademoiselle Berthe, die es ebenfalls gehört hatte, drehte sich freundlich lächelnd zu Auvinet um.

»Na, was hab ich Ihnen gesagt? Ich wette, da ist wieder eine Tour fällig...«

Nach dem Präsidium des Ministerrats kam das Präsidium des Abgeordnetenhauses dran. Und jedesmal kündigte Mademoiselle Lange an:

»Monsieur Jean Sabin möchte Sie sprechen...«

Danach behielten sie die runde, weiße Scheibe im Auge. Es dauerte immer sehr lange. Mit viel Pathos in der Stimme schwang Jean Sabin wahre Reden am Telefon. Am Ende erklang dann seine Stimme, aber diesmal in natürlichem Tonfall, am Fuße der Treppe.

»Lange!... Kommen Sie bitte herunter?...«

Wenige Minuten später kehrte sie zurück, tippte eine Meldung für die Zeitungen und reichte eine Kopie an Mademoiselle Berthe weiter, die nun ebenfalls einige Exemplare tippte.

»Sie können das Taxi holen, Monsieur Auvinet. Die große Tour... Um sechs muß alles zugestellt sein.«

Er war schon daran gewöhnt. Er zog seinen beigefarbenen Regenmantel an, setzte den Hut auf, lief an die Ecke der Avenue Hoche und fand zum Glück in der Schlange der dort geparkten Wagen den von Désiré.

»Gehen wir auf Tour?«

Als er wieder ins Büro kam, während das Taxi vor der Tür wartete, traf er Mademoiselle Lange dabei an, wie sie den Namenszug des großen Meisters nachahmte und mit breiten, gedrungenen Buchstaben in eine Ecke der Umschläge schrieb: *Von Jean Sabin. Dringend!*

»Ich kümmere mich um die Post«, versprach Mademoiselle Berthe. »Sind noch genug Briefmarken da?«

Gérard beendete hastig den Brief an seine Mutter:

Wichtige Arbeit. Schreibe Dir morgen ausführlicher. Viele herzliche Grüße und Küsse, auch von Linette.

In Poitiers brauchte niemand zu wissen, was er wirklich machte. Anfangs hatte er es ja selbst nicht genau gewußt.

Diese Stelle hatte Émile Vannier für ihn gefunden. Vannier lebte in Paris. Er ging irgendwelchen Geschäften nach und tat sich immer recht wichtig. Eines Tages hatte er seinen Bruder besucht, der in Poitiers Anwalt war. Gérard, der ihn kannte, hatte ihn im Wirtshaus getroffen, just um die Zeit, als er um jeden Preis die Stadt verlassen wollte.

»Ich muß mit Ihnen reden, Monsieur Vannier. Sie kennen ja meine familiären Verhältnisse. Mein Vater ist tot. Ich muß meine Mutter unterstützen, und ich werde demnächst heiraten. Sie sind doch Geschäftsmann, könnten Sie mir nicht irgend etwas in Paris besorgen?«

Es war abends gewesen, nach dem Kino. In dem Wirtshaus, in dem sie ein Bier tranken, waren kaum noch Leute. Die Kellner fingen schon an, die Stühle auf die Tische zu stellen.

»Hören Sie, ich will Ihnen die Wahrheit sagen, weil ich weiß, daß Sie es niemandem erzählen werden...«

Er hatte sie ihm gesagt. Die ganze Wahrheit. Linette war schwanger. Er liebte sie. Er wollte sich nicht seiner Verantwortung entziehen, aber sie mußten unbedingt die Stadt verlassen. Er hatte lange auf ihn eingeredet, in fieberhafter Erregung.

»Aber lassen Sie sich bloß nichts anmerken, falls Sie ihr begegnen! Sie verstehen doch?«

Nun ja, es hatte geklappt. Ein paar Tage später bekam er einen Brief:

Ich habe mit meinem alten Freund Jean Sabin gesprochen. Er braucht gerade jemanden in seinem Sekretariat. Schreib ihm, wann Du anfangen kannst...

Deshalb glaubte man in Poitiers, er sei der Sekretär des Schriftstellers. Man glaubte noch eine Menge anderer Dinge in Poitiers! Die Provinz hat ja keine Ahnung. Wie hätte man auch wissen können, daß der berühmte Autor im Erdgeschoß dieses Hauses in einer Sackgasse der Rue Daru lebte? Es war der Sitz der Patriotischen Liga Frankreichs, deren Präsident er war. Hier hatte er sein Büro, und hier schlief er auch.

Doch Gérard wie Mademoiselle Berthe und Monsieur Drouin waren in Wirklichkeit Angestellte der Liga, und Auvinet hatte in dem ganzen Monat, den er nun schon hier war, noch nie mit dem Schriftsteller gesprochen.

»Soll ich noch mal herkommen?«

Drouin schaute auf die Uhr.

»Das ist nicht nötig.«

Mit den fünfundvierzig Umschlägen für die Zeitungen in der Tasche rannte er die Treppe hinunter und sprang ins Taxi, in dem noch ein Hauch des Parfums der Frau hing, die vor ihm in dem Wagen gesessen hatte.

»Wie immer?«

»Ja. Fangen wir mit dem *Echo de Paris* an!«

Am Faubourg Saint-Honoré hätte er beinahe an die

Scheibe geklopft. Zweimal hatte er bei einer Rundfahrt zu den Zeitungen die Gelegenheit genutzt und Linette in ihrem Hotel in der Rue de l'Étoile abgeholt. Das letzte Mal hatte er sie vollständig bekleidet, aber schlafend auf dem Bett angetroffen, denn sie hatte den ganzen Tag gewissermaßen nichts zu tun.

»Heute habe ich keine Zeit dazu«, sagte er sich.

Doch das stimmte nicht ganz, er wußte es. Er fuhr lieber allein, lehnte sich in eine Ecke des Wagens und beobachtete versonnen die vorbeiziehenden Lichter. Bisweilen schwamm das Taxi im Strom der anderen Autos mit. An den Kreuzungen hielten auf gleicher Höhe Limousinen, in deren dezent beleuchtetem Fond er elegante Damen erblickte, und er sah die makellos gekleideten Chauffeure vornehmer Häuser, die mit herablassender Gleichgültigkeit am Steuer saßen.

Es war kühl und feucht. Sie kamen in die Nähe der Grands Boulevards. Eine leichte Erregung, die Auvinet allmählich schon kannte, rötete ihm die Wangen.

Alles war besser als die ewigen Briefumschläge, über die er sich manchmal einen ganzen Tag lang beugte. Brauchte man ihn in der Liga wirklich? Meistens schien man Mühe zu haben, überhaupt irgendeine Arbeit für ihn zu finden. Man schickte ihn Telegramme aufgeben und Briefe austragen oder sogar in Trauerhäuser, in denen er Jean Sabins Handschrift nachahmen und sich in Kondolenzlisten eintragen mußte. Und wenn er zurückkam, sagte ihm Drouin, der auch nicht viel mehr zu tun hatte als er:

»Beschriften Sie halt einen Satz Briefumschläge!«

Mit den Adressen einiger tausend Mitglieder der

Liga. So war für den Fall, daß ein Rundschreiben verschickt werden sollte, die Hälfte der Arbeit bereits erledigt. Sieben- oder achtmal hatte er schon so einen Satz Umschläge beschriftet, diese gräßlichen, graublauen Umschläge, auf denen die Feder kratzte.

Achtung, Place de l'Opéra... Das Taxi war zwischen anderen Wagen eingekeilt, die sich in Viererkolonnen vorwärtsbewegten. Gérard mußte gewissermaßen während der Fahrt hinausspringen, sich zwischen Rädern und Kühlerhauben hindurchschlängeln, um ein bißchen Zeit zu gewinnen, über den Platz spurten und die Treppe zum *Echo de Paris* hinaufstürmen.

Jede gewonnene Minute brachte ihm etwas ein, denn Drouin hatte ihm gesagt:

»Bei der Tour kommen auf dem Taxameter ungefähr fünfundvierzig Franc zusammen.«

Doch er konnte die Fahrt beschleunigen und drei oder vier Franc einsparen, manchmal sogar mehr. Selbst ohne das hätte er sich genauso verhalten, denn es hatte für ihn etwas Schwindelerregendes, so geschäftig durch das Menschengewimmel von Paris zu hetzen. Er hatte ein Ziel vor Augen. Er hatte einen Auftrag. Er vertrat die Liga. Er vertrat Jean Sabin.

Obwohl der Mann am Empfangsschalter in der Halle ihn bereits kannte, wiederholte er jedesmal:

»Ich bin der Sekretär von Jean Sabin und möchte zu Monsieur Potut...«

Dann schritt er durch einen altmodischen Salon mit gedämpfter Beleuchtung, dicken Teppichen, Stofftapeten und alten Möbeln, in dem ältere Herren mit weißen Gamaschen und Monokel wartend in den Sesseln saßen – manchmal mußten sie lange warten, während er, Auvinet, der erst vor einem Monat aus seiner Provinz gekommen war, selbstsicher eine Tür ansteuerte, durch die keiner ungebeten zu treten wagte, kurz und entschlossen anklopfte und hineinging, bevor ihn jemand dazu aufgefordert hatte.

»Von Jean Sabin... Es ist dringend...«

Er wußte von Drouin, der die Tour einmal mit ihm zusammen gemacht hatte, daß er den Namen mit Überzeugungskraft, ja sogar mit einem gewissen Nachdruck aussprechen mußte. Wie Jean Sabin selbst!

»Für die nächste Ausgabe, nicht wahr?«

Und schon war er wieder draußen, bog im Laufschritt in die Boulevards ein, betrat ein anderes Gebäude, jagte erneut eine Treppe hinauf. Zum *Gaulois.* Wieder ein Salon, diesmal voll hübscher Frauen, die sich leise miteinander unterhielten, ein langer Korridor, in dem es nach Druckerschwärze roch, ein kleiner alter Mann mit Schuppen, der dennoch eine bemerkenswerte Persönlichkeit war und den Umschlag zwischen Stapel anderer Papiere auf seinen Schreibtisch legte.

Désiré erwartete ihn an der Tür und führte ihn zum Taxi, das etwas weiter vorn geparkt war.

»Rue de Richelieu... Zum *Journal*...«

Das Tempo wurde immer schneller. Gérards Erregung wuchs. Er schielte nach den bleichen Zifferblättern der pneumatischen Normaluhren. Beim *Journal* mußte er Hunderte von Metern durch Gänge und über Treppen flitzen.

Dann zum *Événement*... Zur *Gazette de la*

Bourse... Überall emsige Leute, die sich ihrer Bedeutung bewußt waren, kühle Pförtner, die einen warten und noch mal warten ließen und sich nur vor wenigen Auserwählten verneigten, die ihnen im Vorbeigehen herablassend zuwinkten.

Eines Tages würde auch er so durch die Vorzimmer schreiten, er wußte es, er war sich dessen sicher, er wollte es. Désiré wartete überall auf ihn.

»Zum Faubourg Montmartre...«

Victoire... *Appel*... Dann eine lange Fahrt durch düstere Straßen voller Lieferwagen, um in der Rue d'Enghien die prunkvollen Büros des *Petit Parisien* zu erreichen.

»Von Jean Sabin... Für die nächste Ausgabe...«

Dennoch war all das, er wußte es, vollkommen unwichtig. Diese Briefe, die Mademoiselle Lange in der täuschend echt nachgeahmten, stolzen Handschrift des Chefs unterzeichnet hatte, enthielten nur ein belangloses Kommuniqué, das in winzigen Buchstaben auf der vierten Seite erscheinen würde.

»Von Jean Sabin...«

Der *Matin*... Nun hieß es zurück nach Saint-Augustin. Gérard hatte noch ein wenig Zeit. Der Taxameter zeigte erst siebenunddreißig Franc an.

»Das genügt, Désiré!«

»Machen Sie die Tour nicht fertig?«

Er wagte nicht, ihm zu sagen, daß er sie zu Fuß beenden würde.

»Es war nicht die große Tour.«

Und schon sprang er auf den Gehsteig hinaus, rempelte Leute an, begann zu keuchen und zwängte sich an hell erleuchteten Schaufenstern vorbei. Als er fertig war, zitterten ihm die Knie ein wenig, jeder Atemzug brannte, und dennoch hätte er sich gewünscht, es ginge nie zu Ende.

Die letzten Umschläge waren verteilt, und er war wieder in der Nähe der Oper. Es war sechs Uhr! Mademoiselle Berthe, immer ruhig und lächelnd, deckte gewissenhaft ihre Schreibmaschine ab, räumte Stenoblocks, Kohlepapier und Bleistifte weg, zog die rosa Strickjacke aus, die sie im Büro trug, und trat vor den Spiegel, um ihren Hut aufzusetzen.

Um diese Zeit kam auch der Kommandant herunter, öffnete die Tür und wartete auf Drouin, mit dem er Tag für Tag nach Feierabend in einer Bar an der Place des Ternes einen *mandarin grenadine* trank, ein Glas Rotwein mit einem Schuß Granatapfelsaft. Nur Mademoiselle Lange blieb noch im Büro, denn sie wußte nie, wann sie heimgehen konnte, sondern wartete stets die Befehle des großen Meisters ab. Und manchmal vergaß der große Meister sie einfach, ging zum Abendessen in die Stadt, ohne ihr etwas davon zu sagen, so daß sie bis neun oder zehn Uhr abends dasaß, obwohl sie in einem Vorort bei ihrer Mutter wohnte.

Auch Gérard würde sich einen Aperitif genehmigen und bei der Gelegenheit telefonieren.

»Hallo... Ist dort das ›Hôtel de l'Etoile‹?... Entschuldigen Sie bitte, Madame, würden Sie mir einen riesengroßen Gefallen tun und Madame Auvinet an den Apparat holen? Falls sie überhaupt zu Hause ist. Ja, ich bin ihr Mann... Es ist sehr dringend...«

Er hörte sie mit gellender Stimme rufen:

»Gaston! Schau mal nach, ob die 26 da ist!«

Es war nur ein ganz kleines Hotel, eine richtige Absteige, wie man so sagt. Auf der Tafel aus Kunstmarmor stand: »Zimmer tageweise und per Monat zu vermieten. Moderner Komfort. Fließwasser warm und kalt.«

Der Eingang war hell, das Treppenhaus weiß gestrichen, der Teppichboden rot. Doch das Ehepaar, das das Hotel leitete, behandelte die Auvinets so unfreundlich wie nur möglich. Sie waren nicht die Art von Gästen, die ihnen behagte. Als Linette einmal nur ein paar Kleinigkeiten im Waschbecken wusch, hatte das gleich Ärger gegeben.

»Haben Sie denn nicht gelesen, was an der Tür angeschlagen ist? Es ist nicht gestattet, in den Zimmern Wäsche zu waschen und zu kochen.«

Trotzdem hatten sie sich einen Spirituskocher angeschafft, denn sie konnten es sich nicht leisten, zweimal am Tag in ein Restaurant zu gehen. Anfangs hatten sie in einem Milchgeschäft in der Avenue des Ternes Fertiggerichte gekauft, die sie wegen des Geruchs draußen auf dem Fenstersims aufwärmen mußten. Dennoch wurden sie ertappt, weil es bei ihnen ständig ein wenig nach Essen stank. Die Zimmer im ersten und im zweiten Stock waren den Gästen vorbehalten, die sie nur für eine Stunde oder für ein paar Minuten belegten. Denn bisweilen kamen Frauen mit verlegenen Männern im Schlepptau ins Hotel, schritten unbekümmert am Büro vorbei und riefen hinein:

»Machen Sie sich keine Umstände, Madame Bertrand... Ich nehme Zimmer sechs...«

»Hallo? ... Bist du's?«

Wenn Gérard seine Frau am Telefon hörte, war er jedesmal überrascht, ein wenig betreten, denn er fand, daß ihre Stimme komisch klang.

»Hat sie arg gemeckert? ... Warst du im Bett? ... Nein? ... Was hast du denn getan?«

»Nichts.«

»Na gut, hör zu! Ich bin an der Oper. Ich war auf Tour. Komm doch einfach her, dann essen wir im ›Dîners-Parisiens‹ zu Abend. Was? ... Laß das meine Sorge sein! So glaub mir doch, wir können ...«

Er hatte beim Taxi sechs Franc eingespart. Das Abendessen kostete fünf Franc pro Person. Also ...

»Beeil dich, Kleines ... Ich warte an der Bushaltestelle auf dich.«

Mechanisch schmatzte er einen Kuß ins Telefon. Dann genehmigte er sich, weil er nun doch warten mußte und weil er befürchtete, seine aufgekratzte Stimmung könnte verfliegen, nach kurzem Zögern einen zweiten Aperitif.

Er würde, koste es, was es wolle, trotzdem am nächsten Tag mit dem Kommandanten reden müssen. Es war wirklich nicht einzusehen, warum man ihm sein Monatsgehalt nicht im voraus auszahlte. Das wäre doch nur logisch. Warum mußte man warten, bis er dreißig Tage gearbeitet hatte, bevor man ihn für diese Arbeit entlohnte? Mußte er denn seinen Brötchengebern gewissermaßen einen Vorschuß gewähren?

Es würde sehr unangenehm werden. Der Kommandant behandelte ihn zwar freundlich wie die anderen auch, doch seine hellen Augen blickten kalt.

»Ich gehe in sein Büro hinauf... Oder ich hänge mich dran, wenn sie ihren *mandarin grenadine* trinken, und sage ihm beim Hinausgehen...«

Natürlich würde es nicht reichen. Er mußte die Miete für eine Woche bezahlen. Und, was beängstigend war, er schuldete der Portokasse bereits hundertfünfzig Franc.

Er hatte seiner Mutter noch nichts geschickt. Er hatte auch für den Smoking noch nichts geschickt. Dabei hatte er ihn bereits an einen Trödler in der Rue des Blancs-Manteaux weiterverkauft. Der hatte ihm nur zweihundert Franc dafür geboten. Linette, die mitgekommen war, wollte sich nicht so übers Ohr hauen lassen. Sie gab ihm ein Zeichen, er solle ablehnen und wieder gehen. Er hatte trotzdem zugestimmt.

War all das vielleicht gerecht? Er war zwanzig. Er war voll guten Willens. Aber niemand glaubte ihm das. Seine Mutter zum Beispiel, die hatte ihm nie geglaubt, sie hatte ihn immer mißtrauisch angesehen.

Als sein Vater starb und sie fast mittellos zurückließ, war er sofort von der höheren Schule abgegangen, leichten Herzens – nein, leichten Herzens konnte man es eigentlich nicht nennen, und dennoch, er hatte in jenem Jahr schlecht gelernt und wäre wahrscheinlich nicht versetzt worden.

»Schau mal, Gérard, für Leute in unseren Verhältnissen ist es am besten, einen guten Beruf zu lernen...«

Das hatte er auch. Von einem Tag auf den anderen hatte er seine ehrgeizigen Pläne aufgegeben. Er machte sich die Fingernägel nicht mehr sauber, kümmerte sich nicht mehr um sein Äußeres. Er trat in eine Druckerei ein, deren Inhaber mit seinen Eltern befreundet gewesen war. Er fraß jede Menge Demütigungen in sich hinein. Man schickte ihn einkaufen. Ja, er mußte sogar die Werkstatt ausfegen!

War es denn seine Schuld, daß er mit seinem Lehrherrn, der an Magenkrebs litt und völlig unberechenbar war, nicht auskam?

»Weißt du, Mutter, in meinem Alter wäre es das beste, den Militärdienst hinter mich zu bringen. Wenn ich mich freiwillig melde, habe ich es früher hinter mir, und dann kann ich mich in einen Beruf stürzen...«

Das war seine ehrliche Meinung gewesen. Warum hatte seine Mutter nur so gequält, daß sie ihm wie eine Mater Dolorosa vorkam, darauf erwidern müssen:

»Zum Militär gehen nur die, die zu sonst nichts zu gebrauchen sind...«

Er hatte sich trotzdem freiwillig gemeldet, denn er ließ sich nie von einer Idee abbringen. Er war immer wieder darauf zurückgekommen. Er hatte Argumente gefunden. Dann, als es soweit war, hatte er seine Mutter vor vollendete Tatsachen gestellt. Manchmal hatte er geweint.

»Du verstehst einfach nicht, wie schrecklich das für einen Jungen in meinem Alter ist, mit anzusehen, wie einem alle Pläne zerrinnen, auf alles zu verzichten...«

Immer das liebe Geld! Und immer diese furchtbaren Minderwertigkeitsgefühle! Aus der Kaserne hatte er seiner Mutter geschrieben:

Heute abend sitze ich wieder mal allein auf der Stube. Alle meine Kameraden sind in die Stadt gegangen, nur ich hab kein Geld mehr und kann nicht einmal hinunter in die Kantine gehen. Ich bin tapfer, glaub mir! Ich weiß ja, daß Dein Leben auch nicht lustig ist. Trotzdem ...

Geld! Geld! Geld! Das tat ihm weh, so weh, daß er am Ende hätte schreien können ...

Bloß nicht daran denken! Die zwei Aperitifs machten ihm warm, beflügelten seine Phantasie. Er wartete auf Linette, die gleich aus dem Bus steigen würde. Da kam sie auch schon und sah ihn ein wenig überrascht an.

»Hast du Geld?«

Sie auch noch!

»Hör zu, ich hab ein kleines Geschäft gemacht. Nur ein paar Franc ... Wir sind so lange nicht mehr essen gegangen.«

»Vorgestern ...«

»Das war etwas anderes. Da war mein Geburtstag.«

Und er schob sie in die Passage Jouffroy, die in ruhigem Licht erstrahlte. Sie stiegen eine Eichentreppe hinauf und betraten einen riesigen Saal mit goldschimmernden Ornamenten, in dem Hunderte von Leuten saßen.

Es war gewiß kein Luxusrestaurant, erfüllte aber seinen Zweck. Drinnen war es warm, von den Menschen aufgeheizt. Die Einrichtung war blitzsauber. Serviererinnen eilten geschäftig hin und her und schleppten stapelweise Schüsseln und Teller. Gérard studierte bereits die große, hektographierte Speisekarte, obwohl er sie auswendig konnte.

»Ißt du Rillettes?«

Das Gericht wurde in kleinen, dicken Steinguttöpfen aufgetragen, die nur einen Mundvoll gebratenes Hackfleisch in viel Schmalz enthielten.

»Zweimal Rillettes, bitte! Und danach?«

Die Ellbogen stießen aneinander. Die Gabeln bewegten sich immer schneller. Die Platten wurden einem über die Schulter hinweg vorgesetzt, während einen die Serviererinnen mit ihren Bäuchen streiften.

Brot gab es in unbegrenzter Menge, ganze Körbe voll goldgelb gebackenes Brot, und eine kleine Flasche Wein pro Person. Linette trank keinen Wein.

»Darf ich?...«

Gérard sah sich in den Spiegeln, sah sein erregtes Gesicht, die glänzenden Augen. Sie kannten die Leute nicht, die neben ihnen saßen. Keiner kannte den anderen. Die meisten Gäste kamen allein, hin und her gerissen zwischen ihrem Appetit und ihren Träumen.

»Willst du einen Mohrenkopf?«

»Ich glaube, ich nehme lieber einen kleinen Gervais...«

Pausenlos und unermüdlich schwärmten die Serviererinnen gleich reihenweise aus. Man bezahlte am Eingang und bekam einen Bon ausgehändigt.

»Einen Mohrenkopf und einen kleinen Gervais...«

»Was hast du heute nachmittag gemacht?«

»Ich habe genäht. Als du angerufen hast, wollte ich gerade weggehen und Käse kaufen...«

Unter dem Rouge, das ihre Wangen ein wenig belebte, war sie blaß. Auf einmal tat sie ihm leid, er war gerührt und griff über den Tisch nach ihrer Hand.

»Ist dir auch nicht zu übel gewesen?«

»Nein. Ich gewöhne mich dran.«

»Hast du lange auf den Bus warten müssen?«

Er liebte sie. Das mußte wohl so sein. Würde er sie nicht lieben, hätte er ihr doch kein Kind gemacht. Im übrigen hatte er, als sie es ihm angekündigt hatte, keinen Moment gezögert. Er hatte gesagt:

»Hab keine Angst... Das schaffen wir schon...«

Man durfte nur nicht an die Einzelheiten denken, das war alles. Vor allem nicht ans Geld. Wenn das Kind in ein paar Monaten zur Welt kam, wahrscheinlich im Juni, würden sie es zu einer Amme geben. So würde niemand etwas davon erfahren. Und später, wenn es dann eben »passiert« war, konnte ihnen niemand mehr einen Vorwurf machen.

»Heute hat es doch nicht geregnet, das hättest du ausnutzen und ein bißchen frische Luft schnappen sollen. Du weißt, daß der Arzt gesagt hat...«

Sie beklagte sich nicht. Nein, man konnte wirklich nicht behaupten, daß sie sich beklagte. Nur konnte sie sich für nichts begeistern. Sie war mit ihm mitgegangen. Mehr nicht. Er hatte nicht das Gefühl, daß sie jemals mit ihm Schritt hielt.

»Hör zu, mein Schatz...«

Sie waren mit dem Essen fertig. Sie sollten langsam aufbrechen, denn am Ende des Saales standen Leute, die auf ihre Plätze warteten.

»Morgen rede ich mit dem Kommandanten. Ich weiß, daß er Verständnis haben wird. Im übrigen muß ich mir auf jeden Fall irgend etwas einfallen lassen, und mir wird schon was einfallen...«

Da fragte sie beinahe so, wie seine Mutter ihn für gewöhnlich gefragt hatte:

»Willst du noch nicht nach Hause gehen?«

Das traf ihn hart! Er haßte es, wenn man ihn durchschaute, vor allem dann, wenn es sich um solche Lappalien handelte.

Warum konnte sie nicht einfach mitgehen, ohne etwas zu sagen, wenn sie doch mitging? Warum zwang sie ihn dazu, ihr etwas vorzuspielen, was ihn demütigte?

»Komm, überlassen wir die Plätze denen, die schon darauf warten!«

Draußen drückte er ihren Arm zärtlicher als sonst. Die Boulevards waren wie verwaist. Alle Leute saßen beim Abendessen. Hinter den Gardinen der piekfeinen Restaurants sah man die Orchester musizieren.

»Schau mal, Kleines, es gibt Augenblicke, in denen ich eine kleine Aufmunterung brauche... Du kannst dir nicht vorstellen, was es für mich heißt, die Arbeit zu machen, die ich jetzt mache. Denn im Grunde bin ich im Moment nichts anderes als eine Art Bürobote... Dabei weißt du doch, was Vannier gesagt hat:

Das Allerwichtigste in Paris ist, daß man nie sein Selbstvertrauen verliert...«

Linette ließ sich davon nicht beeindrucken. Sie machten sich auf den Weg.

»Verstehst du das denn nicht? Später, wenn ich es geschafft habe und wenn ich dir einmal alles erzähle, was ich jetzt empfinde...«

Wie zufällig hatte er sie zur Gare Saint-Lazare geführt.

»Bist du sehr müde? Sollen wir den Bus nehmen?... Schon um neun Uhr schlafen gehen, weil man in diesem gräßlichen Zimmer sonst nichts machen kann! Zuhören, was sich auf der Avenue de Wagram tut, spüren, wie sich nur hundert Meter von uns entfernt das Leben von Paris abspielt...«

»Willst du ins ›Moulin Rouge‹?«

Es war bereits das fünfte Mal.

»Dorthin oder woanders, egal, wohin...«

Das stimmte nicht. Genau dort wollte er hin und nirgendwo sonst. Er wußte nicht so recht, warum.

»Um diese Zeit kostet es keinen Eintritt.«

»Versprich mir, daß wir nicht zu spät nach Hause gehen!«

»Nur auf einen Kaffee...«

»Wieviel Geld hast du noch?«

Er hatte ihr nicht erzählt, daß er sich bereits an der Portokasse vergriffen hatte. Der Kommandant gab ihm jede Woche zweihundert Franc für Briefmarken, Einschreibsendungen, Busfahrscheine und Taxikosten. Er trug seine Ausgaben in ein kleines, schwarzes Notizbuch ein. Dabei mogelte er ein wenig und schlug jeden Tag zwei oder drei Franc heraus. Aber am Samstag, also in zwei Tagen, mußte er abrechnen.

»Mach dir keine Sorgen! Den Kaffee können wir uns schon noch leisten«, sagte er grinsend.

Warum, ja warum nur, mußte sie, die ihn doch liebte, ihm jedesmal die Flügel stutzen, wenn er das Bedürfnis hatte, vom Boden abzuheben? Er würde irgend etwas verkaufen, in der Rue des Blancs-Manteaux. Allerdings wußte er noch nicht, was. Fürs erste vielleicht seinen

Überzieher, inzwischen war doch das Wetter mild genug, daß ihm der Regenmantel reichte.

»Komm...«

Sie betraten die Eingangshalle, in der ihnen schon Wärme und Musik entgegenschlugen. Die Kasse lag rechts, und wenn sie Glück hatten, hing dort noch das Schild: *Eintritt frei.* In zehn Minuten oder in einer Viertelstunde würde der Eintritt zwei Franc kosten, etwas später dann fünf. Jetzt konnten sie sich in dem riesigen Saal mit den zwei Orchestern noch einen Platz in der Nähe der Tanzfläche aussuchen, vor den Logen, in denen schon bald Gäste in Abendkleidung sitzen und Champagner trinken würden.

Auf der violett angestrahlten Tanzfläche tummelten sich die gleichen Leute wie im ›Dîners-Parisiens‹, Angestellte, Stenotypistinnen, Verkäuferinnen oder Menschen, die gar keinen Beruf, aber große Hoffnungen hatten. Man verkaufte ihnen die gleichen Illusionen: dort die Illusion einer gepflegten Mahlzeit und die Illusion von Luxus, hier die Illusion von Luxus und schöne Träume...

Und die Augen in den blassen Gesichtern der Tänzer und Tänzerinnen spiegelten die gleiche, der Welt entrückte Feierlichkeit wider wie die der Gäste im Restaurant, die ihre Rillettes-Töpfchen auskratzten oder mit der Gabel in die helle Creme eines Mohrenkopfes stachen.

»Fühlst du dich wohl?«

»Ja.«

Zum Kellner sagte er:

»Zwei Kaffee...«

Er sagte es mit Bedauern, nach kurzem Zögern. Er hätte so gern »Likör« bestellt.

Egal, welchen, Bénédictine, Cointreau, Vieille-Cure, lauter klangvolle Namen, traumhafte Flaschen, die man reihenweise hinter der riesigen Bar mit den imponierenden Barkeepern stehen sah.

»Weißt du, mein Schatz...«

Was? Was wollte er denn gerade sagen? Er fand die Worte nicht. Er griff mit einer Hand nach ihren Fingerspitzen und drückte sie lange und zärtlich.

»Ich bin so sicher, daß...«

Während er die Tänzer beobachtete, die sich wie eine willenlose Herde dem Orchester auslieferten, verkrampfte sich seine andere Hand und ballte sich zur Faust, zu einer Faust von bedrohlicher Härte.

Das durfte doch nicht wahr sein! Es wäre ungerecht, gemein, und das hätte er wirklich nicht verdient, wenn er mit dieser entsetzlichen Wut im Bauch weiterhin den kleinen Sekretär von Jean Sabin mimen müßte, der seinerseits...

Denn eines hatte er letzten Endes begriffen: Der große Romanschriftsteller lebte auf Kosten der Liga. Alles andere war blanker Schwindel. Im Namen der Liga, einiger tausend Dummköpfe, ließ er seine Stimme anschwellen, bis das Telefon vibrierte, im Namen der Liga verschaffte er sich Zutritt zu den Zeitungen, und auf Rechnung der Liga lebte er im Erdgeschoß des Hauses in der Sackgasse der Rue Daru, wo er auf einer Couch sogar schlief.

»Du kannst das nicht verstehen, mein Schatz, aber all diese Leute...«

Jetzt ballte er beide Fäuste, und man wußte nicht mehr, wen sie eigentlich zermalmen wollten, die Pärchen, die da wie arme Irre zu den Klängen des Orchesters tanzten und sich dann brav wieder an ihre Tische setzten, auf denen inzwischen der Kaffee kalt wurde, oder die anderen, von denen er bislang nur verschwommene Vorstellungen hatte, die Herren in den hellen Gamaschen und mit der Rosette der Ehrenlegion am Revers, die in den stillen Salons des *Figaro* oder des *Gaulois* herumsaßen, und die rührigen, vor Bedeutung strotzenden Männer, die achtlos die Türhüter des *Journal* oder des *Matin* beiseite stießen...

Oder vielleicht auch nur eine Frau, die gerade tanzte, mit seidenbestrumpften Beinen, den wohlgeformten Körper in schwarze Seide gehüllt, die Lippen blutrot geschminkt...

»Du wirst sehen, mein Schatz... Ich...«

Es hatte nicht viel gefehlt, und er wäre in Tränen ausgebrochen!

3

Er saß an dem kleinen Tisch mit dem undefinierbaren Belag, auf den sie ihre Eßwaren immer nur widerwillig legten, und schaute ihr zu, wie sie vor dem Spiegel ihr Kleid über den Kopf streifte. Für einen Moment war sie blind, dann sah auch sie ihn wieder, das Gesicht aufs äußerste angespannt, während er aus zusammengekniffenen Augen vor sich hin stierte.

»Wolltest du noch weggehen?«

»Aber nein.«

Sie hatten Sülze und Brot gegessen, sonst nichts. Vor ihm lag noch fettiges Papier neben einer leeren Literflasche und einem violett schimmernden Rest Rotwein auf dem Boden eines Zahnputzglases. Wie in allen mittelmäßigen Hotels waren die elektrischen Glühbirnen lächerlich schwach, so daß einem die Luft staubig vorkam.

»Hast du noch Hunger?«

»Nein.«

»Ich hab mir gedacht, weil wir heute mittag bei deinem Freund Vannier so gut gegessen haben, könnten wir abends...«

»Ja doch...«

Sein Unmut wuchs mit jeder Antwort. Aber was konnte sie schon tun? Gar nichts sagen war auch nicht besser, denn wenn er erst im Zimmer auf und ab lief und gegen das Schweigen anrannte wie gegen Wände, dann geriet er manchmal in Wut.

Noch war er ruhig. Er blieb sitzen. Um seine schmollend heruntergezogenen Mundwinkel zeichnete sich zunehmende Bitterkeit ab.

»Hast du einen Aperitif getrunken, bevor du heimgekommen bist?«

»Nein.«

Sie bürstete sich die Haare. Sie hatte schönes Haar. Er sah die bleiche Haut ihres Oberkörpers, die kleinen, dunklen Haarbüschel in den Achselhöhlen.

Als er um sechs nach Hause gekommen war, hatte sie im Bett gelegen. Bevor er morgens wegging, weckte er sie meistens nicht, er ließ sie in den warmen, verschwitzten Laken zurück, und oft traf er sie noch mittags dort an.

Anfangs hatte er bei Botengängen für die Liga oder für Jean Sabin einen Umweg gemacht und sie abgeholt. Das tat er nun nicht mehr, denn sie hatte nie Schuhe oder auch nur Strümpfe an und trug meistens einen Morgenmantel, der wie ein altes Fähnchen an ihrem Körper hing.

»Hast du was?«

»Nein.«

Er wußte, daß sie auf einen Krach zusteuerten. Noch hätte er ihn vermeiden können. Doch dazu hätte er auf das, was er sich vorgenommen hatte, verzichten müssen, und das brachte er nicht über sich.

Es gab Abende, an denen er sich in diesem schäbigen Zimmer wirklich so eingesperrt fühlte wie ein Insekt in einem Pappkarton. Und das Schlimmste daran war, daß er förmlich spürte, wie munter ganz in seiner Nähe das Leben in der Avenue de Wagram war, mit all ihren Lichtern, der Tanzbar, den Kinos, dem Varieté, den flanierenden Leuten, und da beneidete er sogar jene, die sich in einem merkwürdigen, langgestreckten Saal kleine Trichter aus Hartgummi ans Ohr preßten und Schallplatten anhörten.

»Warum lernst du nicht ein bißchen Englisch?«

Er lächelte giftig. Stimmt ja, er hatte sich Englischbücher gekauft! Im Gymnasium hatte er damit angefangen, und nun war er der Meinung gewesen, wenn er doch jeden Abend frei hatte, könnte er seine Kenntnisse vertiefen.

»Bist du müde?«

»Nein, bestimmt nicht. Wovon sollte ich denn müde sein? Ich habe ja den ganzen Tag nichts zu tun.«

Er war aufgestanden, mager, rastlos, hatte sich die langen Haare nach hinten gestrichen und begann nun auf und ab zu wandern, von einer Wand zur anderen.

»Wir können doch nicht jeden Abend ausgehen, Gérard.«

»Natürlich nicht!«

Sie saß auf der Bettkante und zog sich die Strümpfe aus, dann schlüpfte sie unter die Decke, wo sich ihr Körper entspannte. In diesem Zimmer umgab sie eine Welt des Schweigens, – eine Art Vorhölle, das leiseste Scharren wurde zu ohrenbetäubendem Lärm, während von draußen ein dumpfes, undeutliches Rumoren hereindrang, die Geräusche des Lebens. Er lief vergebens hin und her, von Angst gepackt, und klappte den Mund auf und zu wie ein Fisch auf dem Trockenen.

»Gehst du nicht ins Bett? Du hast mir noch gar nicht erzählt, was Vannier gesagt hat ...«

»Na ja, auch das noch!«

Er grinste hämisch. Was hatte Vannier ihm denn schon gesagt? Sie hatten ihn gemeinsam besucht, in einer schönen, ruhigen Straße des 17. Arrondissements in der Nähe der Avenue de Villiers. Das Haus hatte eine breite Treppe und einen Fahrstuhl. Die Messingknäufe an den lackierten Eichentüren waren auf Hochglanz poliert. Ein Dienstmädchen mit bestickter Schürze, wie man sie in Theaterstücken sieht, hatte ihnen die Tür geöffnet, und die Wohnung war gemütlich und roch angenehm. Vannier, der wie aus dem Ei gepellt und gerade vom Friseur gekommen war, hatte ihnen eine hübsche Frau in einem Seidenkleid vorgestellt:

»Meine Frau ...«

Der Tisch war bereits gedeckt, blütenweißer Damast, Blumen, Kristall, Silberbesteck. Den Wermut tranken sie aus geschliffenen Gläsern.

»Wir erwarten noch einen Freund, Lefrançois, einen Mann, der gleichzeitig bei mehreren glänzenden Geschäften mitmischt ... Gehen wir doch einen Moment in mein Büro! Dann haben die Damen Gelegenheit, Bekanntschaft zu schließen.«

Und dort sagte Vannier:

»Komm rein, mein Sohn! Setz dich! Zigarette?«

Er war um die Vierzig, hatte einen frischen Teint, und seine leicht gepuderte Haut spannte sich über einem etwas zu feisten Gesicht. Er stammte aus einer angesehenen Familie in Poitiers. Sein Bruder war als Anwalt sehr begehrt. Von ihm hieß es allerdings, er sei nicht seriös, er rede ständig hochtrabend von Geschäften, die er in Paris betreibe, doch man wisse nie genau, welcher Art diese Geschäfte seien. Manche gingen sogar so weit zu behaupten, man habe ihn auf einer Rennbahn Limonade verkaufen sehen.

»Du gestattest doch, daß ich mit dir rede wie mit einem Sohn, nicht wahr? Na schön, mein Kleiner, du hast bereits einen Fehler gemacht... Wenn man zum Essen eingeladen ist – es sei denn im Restaurant –, erscheint man nicht mit leeren Händen. Ein paar Blumen oder etwas Süßes...«

Und als Gérard, der puterrot geworden war, den Mund aufmachte, fuhr er fort:

»Ich weiß... Du hast kein Geld... Aber das spielt keine Rolle... Man treibt welches auf, man unternimmt irgend etwas... Siehst du, wenn man es zu was bringen will, gibt es wichtigere Dinge als das Essen. Hier hat das keine Folgen, aber woanders wärst du bereits unten durch...«

War es das, was Linette wissen wollte? Vannier hatte ihm noch eine Menge anderer Dinge gesagt. Und jedesmal wenn Gérard etwas erwidern wollte, schnitt er ihm das Wort ab.

»Ich weiß... Ich bin wie du gewesen... Ich bin ohne einen Sou hier angekommen. Da, schau mal...«

Er öffnete eine Schublade und wühlte mit beiden Händen in gelben und grünen Zetteln, in lauter Zahlungsbefehlen.

»Ich schäme mich nicht dafür, im Gegenteil. Auch das ist eine Wahrheit, die in Poitiers nicht gilt, aber hier tust du gut daran, dir das zu merken: Je mehr Schulden ein Mann in Paris hat, desto besser ist er angesehen und desto mehr Kredit hat er. Jawohl, Kredit ... Dagegen gibt es etwas, was man dir nie verzeihen wird: arm auszusehen! Nun ja, mein Kleiner, nimm es mir nicht übel, aber du siehst mehr als arm aus.«

Er hörte sich gern reden, blickte dem Rauch seiner ägyptischen Zigarette mit goldenem Mundstück nach, deren Duft sich im Büro ausbreitete, und füllte die Gläser, die er mitgebracht hatte, mit goldfarbenem Wermut.

»Du bist noch zu kurz in Paris, um das zu verstehen. Aber eines Tages wirst du es verstehen. Es macht zum Beispiel überhaupt nichts, wenn du nachts in den Markthallen Gemüse abladst. Zur Not könntest du sogar unter den Brücken schlafen oder auf der Straße Zeitungen verkaufen. Es gibt da einen, der hat einmal auf der Straße Zeitungen verkauft, und heute leitet er drei große Theater. Aber es kommt ausgesprochen schlecht an, verbaut einem Mann für alle Zeit jegliche Chancen, wenn er aussieht wie ein armer Schlucker, wie ein kleiner, biederer Angestellter. Ich nehme dir doch hoffentlich nicht den Mut?«

»Nein.«

»Ich gebe dir die Adresse meines Schneiders. Sobald du ein bißchen Geld hast ... Es tut mir leid, daß ich dir im Moment nichts leihen kann, aber du wirst schon was auftreiben. Geld gibt es überall, merk dir das! Man muß nur zugreifen können, das ist alles. Vor allem darf man nicht in einer bestimmten Weise darum bitten! Ein guter Schneider, ein guter Schuhmacher ... Den Kopf hoch tragen ... Gehen wir! Ich glaube, es hat geklingelt. Das wird mein Freund Lefrançois sein. Wir zwei sind im Augenblick an einem Geschäft, das uns vier bis fünf Millionen einbringen müßte. Der Bau eines großen Hafens in Nordafrika, von der Regierung gefördert...«

Als sie das Büro gerade verlassen wollten, rief er ihn noch einmal zurück.

»Noch ein Rat... Laß dich zur Zeit nicht zuviel mit deiner Frau blicken! Du bist sehr anständig gewesen, ich weiß. Das ist deine Angelegenheit... Aber man stellt eine Frau in ihrem Zustand nicht gerade zur Schau. Das ist allen Leuten peinlich. Bei deinem Alter fragt man sich, ob du so weitermachst und ihr euch vermehren werdet wie die Kaninchen.«

Lefrançois hatte eine Sahnetorte mitgebracht, die von einem berühmten Konditor stammte. Er war noch besser gekleidet, noch gepflegter und noch parfümierter als Émile Vannier. Er hatte erst Madame Vannier die Hand geküßt und dann Linette, die ein wenig überrascht gewesen war. Die beiden Männer hatten über ihre Geschäfte geredet, über Leute, die Gérard nicht kannte. Um halb zwei hatte er aufbrechen müssen, um rechtzeitig im Büro der Liga zu sein. Da sie drei verschiedene Weine getrunken hatten, hatte er einen dikken Kopf gehabt.

»Du möchtest noch weg, nicht wahr? Gib zu, daß du ganz versessen drauf bist, noch mal wegzugehen!«

Wütend behauptete er:

»Nein!«

Er betrachtete sie beinahe gehässig. Es gab Augenblicke, in denen sie ihn genauso behandelte wie seine Mutter. Sie durchschaute ihn. Aber er konnte es nicht ausstehen, wenn ihn jemand durchschaute und ihm mit dieser widerlich süßen Stimme sagte: »Gib zu, daß ...«

»Du bist unvernünftig, Gérard. Wir sind diese Woche fast jeden Tag weggewesen. Erst gestern waren wir am Montmartre.«

»Na und?«

»Du hast doch selbst gemeint, daß es nützlich wäre, dich wieder hinter dein Englisch zu klemmen. Aber seit du die Bücher gekauft hast, hast du nicht ein einziges Mal ...«

Er senkte den Kopf und sah aus wie ein bockiger Schüler, der den Blick abwendet, während der Lehrer mit ihm schimpft.

»Wie sollen wir es denn schaffen, wenn du ...«

»Sprich nur weiter!«

»Du weißt genau, was ich sagen will.«

»Sag's trotzdem!«

»Wir geben das Geld aus, bevor es verdient ist. Wir haben nur Schulden. Ich traue mich schon nicht mehr in die Läden in unserem Viertel, weil ich überall anschreiben lasse.«

»Ist das meine Schuld?«

»Meine vielleicht? Wieviel hast du noch in der Tasche?«

»Keine Ahnung! Wenn du's unbedingt wissen willst ...«

Völlig unerwartet holte er eine Handvoll Münzen aus seiner Hosentasche, schleuderte sie Richtung Bett und blätterte dann ein paar kleine Scheine aus seiner Brieftasche.

»Zähl's! Aber ja, ich bitte dich, zähl's doch! Das bringt dich viel weiter, nicht wahr?«

Sie blieb stocksteif im Bett liegen, so daß er nur ein Auge von ihr sah, das direkt aus dem Kissen zu kommen schien.

»Weißt du, Kleines, eins scheinst du immer zu vergessen: Ich bin erst zwanzig...«

Seine Stimme wurde heiser. Er ging jetzt schneller auf und ab, und plötzlich, als er bei der Tür ankam, schlug er aus Leibeskräften mit der Faust an die Wand. Der Schmerz trieb ihm die Tränen in die Augen.

»Du begreifst einfach nicht, daß ich unglücklich bin, daß ich nicht mehr weiß, was ich tun soll, daß ich... daß ich...«

»Komm her!«

Er schüttelte den Kopf.

»Komm her, mein armer Junge! Zwing mich nicht dazu aufzustehen! Du weißt genau, daß ich seit ein paar Tagen ziemlich matt bin. Setz dich da hin!«

Mit gesenktem Kopf setzte er sich schließlich auf die Bettkante.

»Ich weiß, daß wir in einer schwierigen Lage sind, daß du eine große Verantwortung auf dich genommen hast...«

Nein! Nein und noch mal nein! Das hing ihm zum Hals raus. Sie verstand ihn nicht. Sie würde ihn nie verstehen. Niemand verstand ihn, und in diesem Moment haßte er Vannier, der ihn noch weniger verstand als jeder andere.

Da hockte er und fühlte sich so entsetzlich unglücklich, daß er auf die Wände dieses gräßlichen Zimmers einschlug. Er hörte Pärchen die Treppe heraufkommen, eine Tür schließen, und er biß die Zähne zusammen, ballte die Fäuste.

Herrgott, warum sollte er noch dies oder das unternehmen – etwa Englisch lernen? Er war ja doch am Ende!

Und laut sagte er:

»Ich bin am Ende!«

Vannier, dieser eitle Dummkopf, hatte ihm vorgeworfen, daß er keine Blumen mitgebracht hatte, er hatte ihm geraten, zu einem guten Schneider zu gehen, aber er hatte ihm keinen Sou geborgt!

»Am Ende, verstehst du? ... Du hast recht. Wir stehen überall in der Kreide, und eines schönen Morgens setzen sie mich bei der Liga vor die Tür. Und dann? Was dann? Oh, ich werfe dir nichts vor. Es ist meine Schuld. Ich bin ein Trottel! Was kann ich denn schon? Wozu tauge ich überhaupt? Sag mir das mal!«

Und das ganze Elend brach mit aller Macht über ihn herein. Schließlich warf er sich aufs Bett, vergrub den Kopf im Kissen und schluchzte heiser, wie von Krämpfen geschüttelt.

Sie wußte, daß sie sich jetzt nicht rühren durfte, und betrachtete ihn schweigend, während er wiederholte:

»Am Ende ... So sieht es aus! Alles andere ist Augenwischerei. Wenn ich dran denke ... Wenn ich nur dran denke ...«

An all seine Träume! Denn er hatte mit ganzem Herzen, mit ganzer Seele geträumt ...

»Beruhige dich, Gérard! Selbst wenn wir in Paris keinen Erfolg haben, dann können wir immer noch nach Gabun gehen wie mein Schwager und meine Schwester.«

Warum hatte sie das gesagt? Begriff sie denn gar nichts? Er hörte eine andere Stimme, die seiner Mutter, die so grausam, daß es immer noch weh tat, erklärt hatte:

»Weißt du, was diese Leute mit dir vorhaben? Ich werd's dir sagen. Sie haben eine Tochter in Gabun. Sie erzählen jedem, der es hören will, daß sie Monat für Monat tausend Franc auf die hohe Kante legt. Wie schön! Und dort schicken sie dich auch hin! Deine Frau wird die erste sein, die dich dorthin scheucht, weil man dort *boys* hat, weil man dort nicht mehr selber Geschirr spült, nicht selber kocht... Dort kann sie den ganzen Tag auf der faulen Haut liegen und befehlen... Egal, ob du dabei krank wirst oder zu saufen anfängst wie die meisten!«

Seine Mutter hatte noch mehr gesagt:

»Sie haben sie dir buchstäblich aufgedrängt... Auf die Weise sind sie immerhin schon zwei von drei Töchtern los. Und du wirst sehen, sie finden auch noch einen Trottel für die Jüngste!«

Da fragte er sich manchmal, ob all das nicht etwa stimmte. Er spürte seine Frau neben sich, doch sie kam ihm wie eine Fremde vor.

Es war schrecklich, denn wenn ihm nicht einmal mehr das blieb, dann blieb ihm gar nichts mehr.

»Warum schaust du mich so böse an?«

Er fragte sich... Es war töricht, und dennoch kam er

nicht dagegen an, sich zu sagen, daß er vielleicht in eine Falle getappt war. Seine Mutter wußte nicht alles, sonst hätte sie mit Sicherheit noch anklingen lassen: »Sie ist imstande und hat es darauf ankommen lassen ...«

Schwanger zu werden! Ihn zum Heiraten zu zwingen!

Noch wehrte er sich dagegen, schlug erneut auf die Wände ein, weinte und knirschte mit den Zähnen. Und wenn sich seine Erregung bisweilen legte, flackerte in ihm ein winziges Licht auf, ein Funken Einsicht.

All das spukte ihm doch nur deshalb im Kopf herum, weil er Lust hatte, noch auszugehen, weil er sich vorgenommen hatte, noch auszugehen, und weil er es tun würde, koste es, was es wolle! Das war schon öfter vorgekommen. Linette schien es begriffen zu haben.

»Komm her, mein armer Junge ...«

Da er nicht kam, stand sie auf, im Hemd, ging zu ihm und schloß ihn in die Arme.

»Ist ja gut! Sieh mich doch nicht so an, als könntest du mich nicht ausstehen! Daran ist nur das Leben schuld, das du führst. Du hast manchmal kein Selbstvertrauen, aber das tut dir nicht gut, und das weißt du. Du wirst es schaffen. Du mußt es schaffen. Denk dran, wie wir in Poitiers immer wieder das erleuchtete Fenster angeschaut haben, das neben dem Bahndamm ...«

Und wie sie sich in einem Hauseingang eng aneinandergeschmiegt hatten und er ihren warmen Körper an seinem gespürt hatte.

»Damals hast du mir gesagt ...«

Er beruhigte sich. Die Härte und der Zorn in seinem Gesicht verwandelten sich in ein Schmollen, und seine

Lippen verzogen sich beinahe zu einem Lächeln. Er schniefte.

»Wir sind zusammen, wie wir es uns so sehr erhofft haben. Alles andere wird sich von selbst finden. Jeder hat irgendwann schwere Zeiten durchgemacht ... Das war vorhin dumm von mir, ich hätte begreifen müssen, daß du das brauchst, noch ein bißchen wegzugehen, zu flanieren, Leute zu sehen, Lichter ... Bist du mir böse, weil ich nicht genug Kraft habe mitzukommen?«

Er schüttelte den Kopf, sie bückte sich, sammelte die Geldscheine und die Münzen ein und steckte sie ihm in die Tasche.

»Geh einen Moment runter ... Trink irgendwo ein Glas ...«

Noch sträubte er sich, aus Eitelkeit. Schon weniger überzeugt, vielleicht sogar ohne überhaupt daran zu glauben, sagte er:

»Ich bin ein Versager.«

»Dummkopf! Zunächst einmal ist man mit zwanzig noch kein Versager ... Du hast mich doch selbst gerade daran erinnert, daß du erst zwanzig bist ...«

»Ich fühle es doch, glaub mir's!«

»Tu, was ich dir sage ... Schnapp ein bißchen frische Luft!«

Er zierte sich noch ein wenig, dann raffte er sich auf und griff nach Hut und Regenmantel.

»Ich gehe bis an die Ecke der Avenue, ich bin gleich wieder da. Mir brummt der Kopf. Stundenlang in diesem Büro zu hocken und Adressen auf Briefumschläge zu schreiben! Denn das ist alles, was ich tue. Kannst du dir das vorstellen?«

»Ich glaube, ich schlafe auf der Stelle ein ... Küß mich ...«

Er küßte sie, wobei er versuchte, sie so zu küssen wie damals in den zugigen Straßen von Poitiers.

»Weißt du noch, wenn du stehengeblieben bist, um mich zu küssen, war es immer unter einer Gaslaterne?«

Bevor er den Hut aufsetzte, fuhr er sich mit dem Kamm durchs Haar und wusch sich flüchtig das Gesicht. Als er die Tür schließen wollte, rief sie ihn noch einmal zurück.

»Vergiß das nicht!«

Ihr Blick deutete auf die fettigen Papiere und die Brotkrümel, die noch auf dem Tisch lagen. Denn sie mußten, um nicht den Zorn der Wirtin zu wecken, die Spuren ihrer Mahlzeiten sorgfältig beseitigen.

Er würde das Zeug auf einen Mülleimer in der spärlich beleuchteten Rue de l'Étoile legen. Mit jedem Schritt straffte sich seine Gestalt, klapperten seine Absätze lauter auf dem Gehsteig. Und endlich erreichte er die Lichter, das Leben auf der Avenue de Wagram, in das er sich mit Wonne hineinstürzte.

Freilich hatte diese Wonne einen bitteren Beigeschmack, den er jedoch immer wieder suchte, so wie man mit der Zungenspitze immer wieder auf einen kranken Zahn drückt. Er war inmitten all der Menschen allein. Um sich herum spürte er die riesige, erbarmungslose Stadt, und so schlängelte er sich denn etwas verschüchtert zwischen den Leuten hindurch, wobei er nach anderen einsamen Spaziergängern Ausschau hielt, die wie er auf der Suche nach ein bißchen menschlicher Wärme durch die Straßen irrten.

Das kapierte Linette einfach nicht. Sie kannte diese Ängste nicht, die ihm plötzlich ohne erkennbaren Grund die Kehle zuschnürten und unter denen er schon immer gelitten hatte. Sogar in Poitiers. Zum Beispiel damals, als er in der Druckerei Dumur gearbeitet hatte. Da hörte er das gleichmäßige Rattern der Maschinen. Die Arbeiter um ihn herum führten immer die gleichen, beinahe rituellen Handbewegungen aus.

Alles war schwarz und weiß, von tiefem Schwarz, von grellem Weiß, und plötzlich hatte er das Gefühl, er sei aus der Wirklichkeit hinausgetreten, das Leben habe aufgehört, das Leben zu sein. Er sah sich selbst, reglos und starr inmitten der Reglosigkeit. Das Universum schlug über ihm zusammen. Es gab nur noch diese grellen Wände, diese schwarzen, präzise arbeitenden Maschinen. Würde er noch entkommen können? Würde er nicht sein ganzes Dasein auf diese Weise fristen müssen?

Später, bei seinem Chef Monsieur Valterre, in dem großen Büro, in dem die Regale mit den grünen Aktenordnern bis an die Decke reichten, in dem mitten auf dem grauen Fußboden ein Ofen stand, dessen dickes Rohr sich durch den ganzen Raum zog, und in dem die Angestellten auf ihren Schreibmaschinen tippten, ergriff ihn manchmal, vor allem, wenn dann noch das Licht eingeschaltet wurde, wie aus heiterem Himmel die gleiche Panik.

Dann hatte er plötzlich nur noch den einen Gedanken, zu fliehen, koste es, was es wolle. Er bekam es mit der Angst. Unmöglich, das konnte nicht das Leben sein! Aus diesem Schraubstock mußte er sich befreien. Er mußte atmen...

Ohne es zu merken, war er vor den Plakaten eines Kinos stehengeblieben, etwas später vor der erleuchteten Eingangshalle des ›Empire‹, vor dem die Zuschauer eine Pause nutzten, um sich auf dem Gehsteig die Füße zu vertreten und eine Zigarette zu rauchen.

Vorhin hätte er um nichts in der Welt in dem Zimmer bleiben können, das ihm so unwirklich schien, wo er gleichsam festsaß.

Vielleicht war er ja wirklich ein Versager. Er wünschte sich beinahe, ein Versager zu sein, ein Mann, der an nichts und niemanden gebunden war, ein Mann wie dieser Alte da, der zwischen den Leuten herumschlich und nicht mehr ganz druckfrische Zeitungen verkaufte.

Das entlockte ihm erneut ein hämisches Grinsen. Er hatte eine Frau. Er hatte eine Mutter, die auf sein Geld wartete, um leben zu können. Er würde bald ein Kind haben. All das, diese ganze Last, die ihn erdrückte, mußte er allein tragen, und dabei war er erst zwanzig.

Was konnte er schon? Nichts! Er konnte nicht einmal Englisch. Er hatte sich Bücher gekauft, aber er würde sie nicht lesen. Er hatte keinen Beruf. Er taugte nur zu einem kleinen Angestellten. Zu nichts sonst! Oder dazu, sich in Gabun zu verkriechen wie sein Schwager!

Er bog in die Avenue des Ternes ein. Er wußte schon, wohin er ging. Schon zwei- oder dreimal war er abends, wenn seine Frau bereits im Bett lag, unter dem Vorwand, er habe Kopfschmerzen oder müsse die Überbleibsel ihres Nachtmahls hinunterbringen, noch weggegangen.

Es gab da in der Avenue des Ternes ein grell beleuchtetes Bistro mit einer Theke, vier oder fünf kleinen Tischen und einem geschäftigen Kellner. Morgens suchte er das viel größere und beinahe luxuriöse Lokal gegenüber auf, in dem er Croissants aß und Kaffee trank. Doch das war das Richtige für den Morgen.

Am Abend zog er die kleine Kneipe vor, das grelle Licht gefiel ihm. Sie hatte etwas Anrüchiges an sich, er hätte nicht sagen können, woran es lag. Männer standen mit aufgestützten Ellbogen an der Theke, einsame Männer, von denen er nichts wußte, weder woher sie kamen noch wohin sie gingen.

»Einen Marc...«

Er stützte sich ebenfalls auf die Theke, sah sich versonnen um, und Gott weiß, warum, so hätte er stundenlang stehen bleiben können. Manchmal waren auch ein paar Mädchen da, die für eine Weile von der Straße hereinkamen und dann wieder dorthin zurückkehrten.

An diesem Abend sah er eine ganz allein an einem Tisch im hinteren Teil des Bistros sitzen. Ihre Blicke trafen sich. Sie reagierte nicht. Sie wandte sich dem Glas zu, das neben ihrem Ellbogen auf dem kleinen Marmortisch vor ihr stand. Unter ihrem offenen Mantel trug sie ein schwarzes Seidenkleid, das sich eng um runde, feste Brüste schmiegte.

Er hatte sofort Lust auf sie. Mit Rücksicht auf Linettes Zustand hatte er schon seit Wochen nicht mehr mit ihr geschlafen, denn mittlerweile machte ihr die Schwangerschaft doch sehr zu schaffen. Im übrigen wollte er auch nicht wirklich, weil er dann immer an das Kind denken mußte, und das störte ihn.

Der Tresterschnaps brannte ihm in der Kehle, doch just zum Trotz bestellte er einen zweiten. Er ließ die junge Frau nicht aus den Augen. Sie erwiderte seinen Blick und lächelte schließlich. Machte sie sich etwa über ihn lustig, weil er so grimmig aussah? Er betrachtete sich im Spiegel und wurde rot.

Dann, als er sich erneut zu ihr umwandte, lächelte sie noch breiter. Sie schien sich köstlich zu amüsieren, und er wurde immer mißmutiger.

Er war völlig entnervt an diesem Abend. Er war drauf und dran aufzustehen, das Geld für den Schnaps auf die Theke zu legen und zu gehen. Gleichzeitig überkam ihn ein so heftiges und brennendes Verlangen wie meistens, wenn er geweint hatte.

Was meinte sie denn? Sie schaute ihn an, und dann schaute sie auf den freien Platz ihr gegenüber, wobei sie immer noch herausfordernd lächelte. Er zögerte, schließlich ging er auf sie zu. Ohne sich zu setzen, fragte er:

»Sie machen sich wohl über mich lustig?«

»Aber nein, ganz und gar nicht.«

Sie hatte einen starken spanischen Akzent und eine melodische Stimme. Sie war hübscher als alle Frauen, die ihm je über den Weg gelaufen waren. Hübsch und zierlich wie eine kleine Statue.

»Wollen Sie sich nicht setzen?«

Er tat es, etwas linkisch und nach wie vor mit der Befürchtung, sie könnte sich über ihn lustig machen.

»Woran haben Sie denn gedacht?«

»Ich? ... Weiß ich nicht mehr ... Warum?«

»Sie haben so grimmig ausgesehen. Man hätte meinen können, Sie seien drauf und dran, sich mit dem erstbesten anzulegen. Als Sie mich anschauten, da dachte ich, der stürzt sich jetzt gleich auf dich. Gefalle ich Ihnen nicht?«

Diese melodische Stimme, kleine, schimmernde Zähne, eine lüsterne rosa Zungenspitze, ein kindliches Strahlen in den Augen. Der Kellner näherte sich, und Gérard fragte:

»Was trinken Sie?«

»Das gleiche wie Sie ... Etwas Süßes ... Ich wette, Sie sind noch nicht sehr lange in Paris, stimmt's?«

»Seit zwei Monaten. Woran sieht man das?«

»Ich weiß nicht ...«

Da fragte er sich, warum in diesem vergnügten Tonfall eine gewisse Zärtlichkeit mitschwang. Er war schlecht gekleidet, das hatte ihm Vannier voll ins Gesicht gesagt. Sein beiger Regenmantel war schmutzig und zerknittert. Außerdem hatte er einen großen Pickel auf der Stirn.

»Sie sind mir ein komischer Junge ...«

Die Zeit verflog sehr schnell. Er wußte nicht, was er redete. Er sah nur, daß sie vor Übermut sprühte, ihn dabei genau beobachtete und ihren Spaß daran hatte.

»Wenn Sie wüßten ...«, murmelte er mit unsicherer, etwas heiserer Stimme.

»Wenn ich was wüßte?«

»Wenn Sie wüßten ... was ich für 'ne Lust auf Sie habe ...«

Sie lachte, doch plötzlich verstummte ihr Lachen.

Dann sah sie ihn ernster an, so als habe sie ein wenig Angst vor ihm.

»Weiter nichts...?«, gab sie erneut in scherzhaftem Ton zurück.

»Lachen Sie nicht...«

»Wir haben uns doch eben erst kennengelernt. Sie wissen nicht einmal, wie ich heiße.«

»Sagen Sie's mir!«

»Pilar.«

»Ist das Ihr Nachname?«

Sie lachte wieder.

»Aber nein doch! Es ist mein Vorname. Es ist ein spanischer Vorname. Ich bin Spanierin.«

»Hören Sie... Es muß unbedingt...«

»Gleich, nicht wahr?«

»Ja!«

Sie sah sich zögernd um und entdeckte unweit ihres Tisches den Kellner.

»Zahlen Sie!«

Und schon war er mit ihr draußen auf dem Gehsteig.

»Sie sind ein komischer Junge...«

Sie fröstelte leicht, und er wußte nicht, woran er war, er wußte nicht einmal, ob er sie bezahlen mußte, er lief einfach neben ihr her und fragte stockend:

»Wo gehen wir hin?«

Sie schaute ihn an, belustigt und erschrocken zugleich.

»Kommen Sie...«

Einen Moment lang befürchtete er, sie könnte ihn in das Hotel mitnehmen, in dem er wohnte, doch sie führte ihn weiter, klingelte an der Tür eines gutbürgerlichen Wohnhauses und murmelte ihren Namen, als sie an der Loge der Concierge vorbeikam.

»Seien Sie leise!« flüsterte sie ihm zu.

Dann war er in ihrer Wohnung, in einem kleinen, sehr hellen, sehr freundlichen, sehr hübschen Appartement. Sie lachte. Unbekümmert fragte sie:

»Was haben Sie denn gedacht?«

Da stürzte er sich buchstäblich auf sie, riß sie in seine Arme und drückte ihr fast die Luft ab.

»So warten Sie doch wenigstens, bis ich den Mantel ausgezogen habe!«

Als er wieder auf die Uhr schaute, war es ein Uhr nachts. Er hatte viel geredet und war wie betrunken von all den Worten über seine ganze Vergangenheit, seine ganze Zukunft, sein ganzes Ich, die aus ihm herausgesprudelt waren, während sie, ihr Gesicht nahe dem seinen, ihn mit schelmischen und zugleich zärtlichen Augen ansah.

»Los! Du mußt zu deiner Frau zurück...«

»Ja.«

»Was wirst du ihr erzählen?«

»Keine Ahnung. Halt irgendwas.«

»Ist es das erste Mal, daß du sie betrogen hast?«

Er nickte.

»Wenn ich dran denke, daß du nicht einmal gewußt hast, wie man richtig liebt! Komm her...«

Sie zog ihn unter die Lampe, betrachtete eingehend sein Gesicht, seinen Nacken und wischte die Spuren von Puder und Lippenstift weg.

»Laß mich mal riechen! Deine Haare... Jetzt deinen

Atem... Trink lieber noch etwas Starkes, bevor du nach Hause gehst.«

Er sah sie noch, splitternackt und statuenhafter denn je, oben auf dem Treppenabsatz stehen, während er hinunterlief. Dann war er wieder auf der Straße und in dem Bistro, in dem nur noch zwei Gäste saßen und in dem er sich ein letztes Glas genehmigte.

Mit großen, lautlosen Schritten stieg er im Hotel die Treppe hinauf. Linette schlug die Augen auf.

»Hast du noch nicht geschlafen?«

»Ist es schon sehr spät? Ich hab wohl schon geschlafen.«

Das Zimmer roch abgestanden, und die Stirn seiner Frau war naß vor Schweiß.

»Ich habe eine interessante Type kennengelernt. Ich erzähle dir morgen von ihm...«

Und das war alles für diesen Abend.

4

Vorhin hatte er um Verzeihung gebeten und behauptet, es sei seine Schuld gewesen. Aber war es wirklich seine Schuld? Er hatte Linette ins ›Coliseum‹ geschleppt, in ein ziemlich großes Tanzlokal in der Art des ›Moulin-Rouge‹, am Boulevard Rochechouart. Immerhin hatte sie den ganzen Nachmittag geschlafen. Als er um sechs von der Liga heimgekommen war, da hatte sie noch immer geschlafen. So hatte er um elf Uhr, als das Programm begann, hastig erklärt:

»Es trifft sich gut, daß du geschlafen hast. Da brauchen wir nicht so früh nach Hause zu gehen.«

So war er schon als kleines Kind gewesen: außerstande, auf eine Fete oder ein Spiel zu verzichten, sich loszureißen, selbst wenn die Fete nicht besonders oder das Spiel langweilig war. Er war erst zufrieden, wenn er bis zum Schluß bleiben konnte, und als sie das ›Coliseum‹ verließen, war es kurz nach Mitternacht.

Ganz in der Nähe lag eine Metrostation. Aber ebenso ganz in der Nähe lagen die Boulevards des Montmartre.

»Gehen wir doch erst ein paar Minuten zu Fuß«, hatte er vorgeschlagen. »Damit wir noch eine Mütze voll Luft schnappen, bevor wir nach Hause fahren.«

Er fühlte sich von allem magisch angezogen, von den dunklen Winkeln im Schatten der hier oberirdisch verlaufenden Metro, in denen Männer mit Frauen feilschten, er lechzte danach, die kleinen Bistros und die hell erleuchteten Brasserien der Place Pigalle zu erkunden, sich in die geheimnisvollen Straßen zu stürzen, die zu Sacré-Cœur hinaufführten, und in die anderen, vom Pigalle hinunter, mit den vielen Leuchtreklamen und den blau oder rot uniformierten Türstehern überall.

»Ich bin sicher, daß es dir guttut, ein bißchen zu laufen. Hat der Arzt dir das nicht gesagt?«

»Nein, hat er nicht, aber das macht nichts.«

Sie hätten an der Place Blanche die Metro nehmen können. Danach kam nichts Interessantes mehr, nur noch ein ödes und düsteres Stück Boulevard.

»Steigen wir an der Place Clichy ein...«

Doch an der Place Clichy war die letzte Metro abgefahren, und am Eingang wurden gerade die Gitter geschlossen. Es gab auch keinen Bus mehr.

»Entschuldige, meine arme Linette! Weißt du, wenn ich meine Uhr noch hätte...«

Er hatte sie verkauft, wie so viele andere Dinge auch.

»Was soll's, dann nehmen wir eben ein Taxi.«

»Aber nein, Gérard! Das Geld können wir uns sparen. So weit ist es ja nicht mehr...«

Also gingen sie zu Fuß. Zunächst über den Boulevard des Batignolles, dann an den Gitterstäben mit den vergoldeten Spitzen des Parc Monceau und an den Prachtbauten des Boulevard de Courcelles entlang. Sie fröstelte ein wenig.

»Ist dir kalt?«

»Nein, nein.«

»Bist du auch nicht zu müde?«

Am Ende taten ihm selbst die Beine weh. In der Avenue de Wagram war noch eine Bar offen.

»Einen kleinen Grog zum Aufwärmen vorm Schlafengehen?«

»Nein, Gérard... Dann hätten wir geradesogut mit dem Taxi fahren können.«

Gekränkt sagte er:

»Wie du willst...«

Und kaum waren sie im Hotel, da fing es an. Ihr wurde einfach nicht warm. Linette, die sich sonst im Bett kaum rührte, wälzte sich im Dunkeln seufzend von einer Seite auf die andere.

»Was hast du denn?«

»Ach, ich weiß nicht... Nichts...«

Eine Stunde später war sie noch immer wach.

»Schläfst du, Gérard?«

»Nein.«

»Mir ist immer noch kalt.«

Er stand auf und breitete alle Kleidungsstücke, die sie besaßen, über das Bett, doch danach begann sie zu zittern und mit den Zähnen zu klappern. Er schmiegte sich an sie. Vergebens!

»Soll ich dir eine Wärmflasche machen?«

Er stand noch einmal auf, mit nackten Füßen, zündete den Spirituskocher an und füllte heißes Wasser in eine leere Weinflasche, für die er erst einen Korken suchen mußte.

»Komisch, es ist überhaupt nicht kalt.«

Das stimmte. Seit ein paar Tagen roch es in Paris nach Frühling, und die Zeitungen beschäftigten sich mit der Frage, ob der Kastanienbaum, der alljährlich am

20. März zu blühen begann, in diesem Jahr nicht früher blühen würde.

»Ich kriege keine Luft, Gérard ...«

Weder die Wärmflasche noch die übereinandergehäuften Kleidungsstücke halfen etwas. Ihr Gesicht war gerötet, sie hatte glänzende Augen.

»Ich hole einen Arzt.«

Er wunderte sich, als sie ja sagte, weil sie sonst nie etwas mit Ärzten zu tun haben wollte. Rasch zog er sich an. Von da an wurde es hektisch und chaotisch, der reinste Alptraum. Der Nachtportier nannte ihm einen Arzt, der in der Rue de Brey wohnte. Gérard klingelte lange. Dann kam der Arzt selbst an die Tür, in einem schmuddeligen Pyjama und mit zerzaustem Haar, das ihm ins Gesicht hing. Die Wohnung war unaufgeräumt, Flaschen und Gläser standen herum, und auf einem Diwan lag eine nur halb bekleidete Frau.

Er war Ausländer, dem Akzent nach Rumäne.

»Warten Sie auf mich ...«

Gemeinsam gingen sie durch die nächtlichen Straßen, in denen noch einige Autos unterwegs waren. Sobald der Arzt Linette den Puls gemessen hatte, machte er ein besorgtes Gesicht.

»Ist es schlimm, Doktor?«

Dann untersuchte er sie gründlich.

»Atmen ... Nicht atmen ... Atmen ... Sagen Sie A ... Nein, länger ... Aaaaa ... Leiser ...«

Und nun, morgens um Viertel nach neun, hatte Auvinet einen leeren Kopf, heiße Lippen und schwere Augenlider.

Früher, als er erst fünf oder sechs Jahre alt war,

hatten seine Eltern eine Zeitlang jeden Sonntag einen Ausflug gemacht. Frühmorgens ging's mit Proviant im Rucksack los. Sie hatten immer ewig zu laufen. Seinem Vater, der lange Beine hatte, war es nie weit genug.

»Denk doch an das Kind«, wandte die Mutter ein.

»Ich trag ihn dann schon, wenn er müde ist.«

Sie suchten irgendeinen Wald, eine Quelle, und ständig war es etwas weiter weg noch schöner. Auf dem Heimweg schleppte sich Gérard nur noch mühsam voran. Sein Kopf war schwer und wie von der Sonne aufgedunsen. Die Geräusche verschmolzen in seinen Ohren zu einem dumpfen Brummen. Man trug ihn ein Stück, setzte ihn wieder ab. Seine Mutter war müde.

Und er war wie berauscht von all dem Licht, der Wärme, den zu starken Düften, vom Geruch sonnengetränkter Erde, von Heu, Kühen und den Blumen, die er in seinen Händen zerrieben hatte.

Die Stadt, in die sie zurückkehrten, erschien ihm wie eine fremde Welt, leer und hallend, als wäre sie mitsamt den düsteren und trägen Gestalten auf den Gehsteigen bei Sonnenuntergang erstarrt. Auch das Haus, in dem sie erst das Abendessen zubereiten mußten, wirkte in seinem eigentümlichen, abgestandenen Geruch unbewohnt.

Nachdem ihn die Eltern zu Bett gebracht hatten, verfiel er dann in einen tiefen, von Alpträumen heimgesuchten Schlaf.

Genauso fühlte er sich an diesem Morgen, während er ohne Hut zur Liga eilte. Bei seinem ersten Besuch mitten in der Nacht hatte der Arzt sich nicht festlegen wollen. Er befürchtete eine Lungenentzündung, war sich aber noch nicht sicher. Gérard war auf der Suche nach einer offenen Apotheke so lange durch die Straßen gelaufen, weit und immer weiter, daß er sich am Ende nicht mehr auskannte.

Danach mußte er ununterbrochen auf dem Spirituskocher Wasser heiß machen, bis sein Vorrat an Spiritus aufgebraucht war. Der Hotelportier hatte auch keinen mehr. Er ging auf Zehenspitzen durchs Zimmer und ließ sich schließlich in dem einzigen Sessel nieder. Es war nur Linettes Atem zu hören. Sie war endlich eingeschlafen, bewegte sich jedoch unablässig.

Er hatte geweint und sie, gleich nachdem der Arzt weggegangen war, um Verzeihung gebeten.

»Aber nein, es ist nicht deine Schuld ...«

Dann hatte sie hinzugefügt:

»Vielleicht ist es ja besser so ...«

Was hatte sie damit gemeint? Sicher, daß ihre Krankheit wahrscheinlich eine Fehlgeburt auslösen würde. Er hatte mit dem Arzt darüber gesprochen.

»Heute nacht kann ich Ihnen überhaupt nichts sagen.«

Müßte sie nicht ins Krankenhaus? War es denn nicht nahezu unmöglich, sie in diesem Hotelzimmer zu pflegen? Im übrigen dürfte man sie wohl ohnehin vor die Tür setzen ...

Und er würde Geld brauchen! In Gedanken verfaßte er bereits ein Telegramm: *Linette schwer erkrankt. Sofort kommen ...*

In solchen Augenblicken verzeiht man alles. War das

nicht die einzige Möglichkeit, mit ihren Schwierigkeiten fertig zu werden?

Was, wenn Linette nun starb ... Nein, das wünschte er sich nicht. Wirklich nicht! Aber trotzdem schämte er sich, daß er daran gedacht hatte wie an eine weitere Möglichkeit, die alle Probleme lösen würde. Für ihn natürlich!

Er hatte sie während der Nacht gut versorgt. Am frühen Morgen war der Arzt wiedergekommen, diesmal rasiert und gewaschen und noch mit einem Rest von Talkumpuder hinter den Ohren.

Na also! Alles nicht halb so schlimm, wie er befürchtet hatte. Wahrscheinlich eine trockene Rippenfellentzündung.

»Kann ich sie hier pflegen, Doktor?«

»Aber ja ... Im übrigen sind die Krankenhäuser zur Zeit so überfüllt, daß ich meine Zweifel habe, ob man sie überhaupt aufnehmen würde.«

Er hatte alles erklärt, was zu tun war, wie Linette behandelt werden, welche Diät sie einhalten mußte. Dann hatte er ein langes Rezept ausgeschrieben und versprochen, am Abend wiederzukommen.

Es war schon Viertel nach neun. Gérard, der nicht wußte, ob er lief oder ging, bog in die Sackgasse ein, huschte durch die Tür der Liga und eilte ins Treppenhaus. Er mußte zum Kommandanten und hielt deshalb im ersten Stock gar nicht an, sondern stürmte in den zweiten Stock hinauf, den er nur selten betrat.

Um die Wahrheit zu sagen, er war erst ein einziges Mal oben gewesen. Damals hatte Drouin ihm etwas gegeben, er wußte nicht mehr, was, irgendwelche Zettel oder Briefe, die er dem Kommandanten bringen sollte. Er hatte an die Tür geklopft. Er war davon überzeugt, daß er angeklopft hatte. Aber er hatte wohl nicht abgewartet, bis jemand »Herein!« rief, und einfach aufgemacht. Da hatte er den Kommandanten vor der offenen Tür eines Wandschranks überrascht, in den er hastig eine Schnapsflasche hineinstellte.

Er war sich sicher, daß er ganz flüchtig noch gesehen hatte, wie sich der Hals der Flasche von den Lippen entfernte. Da hatte er den Fehler begangen und gemurmelt:

»Ich bitte um Entschuldigung...«

Der Kommandant hatte ihm den Rücken zugewandt, vielleicht um sich den Mund abzuwischen. Gérard hatte völlig verblüfft in dem Raum gestanden, der wie das Büro darunter früher einmal ein Schlafzimmer gewesen war und auf dessen geblümter Tapete sich noch die Umrisse der Möbel des Vormieters abzeichneten.

Trotz seiner Ungeduld klopfte er diesmal und nahm sich die Zeit zu warten, bis er hineingerufen wurde. Warum hatte er trotzdem das Gefühl, den Kommandanten bei etwas zu ertappen? Er hatte nicht mit seinem Besuch gerechnet. So früh am Morgen ging sonst höchstens Mademoiselle Berthe zu ihm hinauf.

Durch ein Fenster ohne Gardinen fiel das trübe Tageslicht aus dem Hinterhof ein. Der Mann saß an einem Schreibtisch aus hellem Holz. Zu seiner Linken lag ein Stapel Briefe, die berühmte Post, die er selbst bei der Concierge abholte und wie eine kostbare Beute in sein Büro hinauftrug.

Er hielt ein Papiermesser in der Hand. Behutsam schlitzte er die Umschläge auf, und den meisten dieser Umschläge entnahm er einen Scheck oder Banknoten im Wert von zehn, zwanzig oder hundert Franc, die er in kleinen Häufchen vor sich aufstapelte.

Seltsam war vor allem der feierliche Ernst, mit dem er sich dieser Arbeit hingab. Nein, nicht feierlicher Ernst. Das traf es nicht genau. Er machte auch keinen Hehl daraus, denn er hatte ja »Herein!« gerufen.

Vielleicht war dieses zwiespältige Gefühl, das Gérard empfand, seiner Erregung zuzuschreiben. Er hatte während der ganzen Nacht zuviel nachgedacht, zuviel geweint und war zuviel herumgelaufen. Anstatt zu frühstücken, hatte er gerade ein Glas Schnaps getrunken, um sich zu stärken.

Bisher hatte er den Kommandanten, der Generalsekretär der Liga war, für einen bedeutenden Mann gehalten. Er war nur während des Krieges Kommandant gewesen, aber man nannte ihn noch immer so. Er war gebildet, elegant, ursprünglich war er wohl Rechtsanwalt gewesen. Er empfing die Mitglieder der Liga, diktierte Mademoiselle Berthe die Briefe und zog sich fast jeden Morgen für ein bis zwei Stunden mit Jean Sabin in das Büro im Erdgeschoß zurück. Er telefonierte oft mit seiner Frau, die sehr vornehm war und die er sehr liebte.

Warum war Gérard wie vor den Kopf gestoßen, als er ihn dabei antraf, wie er kleine Häufchen aus Schecks und Banknoten aufstapelte? Es war ihm peinlich, als wäre er unfreiwillig Zeuge einer Unredlichkeit geworden.

Nicht, daß er darüber nachgedacht hätte, dazu hatte

er gar keine Zeit. Die offenkundige Tatsache drängte sich ihm auf. Er hatte soeben das Geheimnis dieses sonderbaren, ganz hinten in der Sackgasse versteckten Hauses entdeckt, dessen Schlafzimmer man in Büros umgewandelt hatte, in dem Leute ein und aus gingen, Telefongespräche geführt und Kommuniqués für die Zeitungen verfaßt wurden und in dem er tagelang Tausende von Briefumschlägen mit Adressen beschriftete, um Prospekte an die Mitglieder zu verschicken.

Dieser Briefstapel, diese kleinen und großen Banknoten, diese Schecks... Wenn der Kommandant ihm sein Gehalt auszahlte oder ihm das Geld für die Portokasse aushändigte, dann holte er es aus seiner eigenen, stets prall mit Geldscheinen gefüllten Brieftasche, die er aus dem Jackett zog.

»Was gibt's, mein Junge?«

So früh am Tag hatte er immer trübe Augen. Doch hinter dieses Geheimnis war Gérard schon bei seinem vorherigen Besuch im zweiten Stock gekommen. Die Flasche im Schrank hatte alles erklärt. Morgens redete der Kommandant kaum, warf nur einen flüchtigen Blick in das Büro im ersten Stock und ging unverzüglich in sein eigenes hinauf, mit geröteten Augen, wie jemand, der nicht geschlafen hat.

Mutterseelenallein in seiner Klause, kam er mit Hilfe der Flasche nach und nach wieder zu Kräften, und dann gab es im Verlauf des Tages eine Zeit, in der er ganz er selbst war, mit sicherem, ja sogar ein bißchen zu sicherem Schritt und mit festem, strengem Blick.

Zum Mittagessen ging er fast immer in die Stadt, von wo er in äußerst aufgeräumter Stimmung wiederkam, gesprächig, den Duft von Likör und Zigarren noch im Schnurrbart, und Mademoiselle Berthe hatte Gérard anvertraut, wenn der Kommandant sich danach in seinem Büro einschloß, dann hielt er einen Mittagsschlaf, mit dem Kopf auf dem Schreibtisch.

»Ich bitte um Entschuldigung, Kommandant. Ich bin zu spät gekommen. Aber meine Frau ist heute nacht krank geworden. Rippenfellentzündung... Der Arzt war schon zweimal da. Er hatte erst eine Lungenentzündung befürchtet.«

»Brauchen Sie einen freien Tag?«

»Nein, das ist nicht nötig. Solange ich ungefähr alle zwei Stunden heimgehen und mich um sie kümmern kann... Ich wohne ganz in der Nähe...«

Er war nicht deshalb hergekommen. Er hatte in der Apotheke das letzte Geld ausgegeben, und wenn der Arzt sein Honorar verlangt hätte, dann hätte er ihn nicht bezahlen können.

»Ich habe eine Menge Unkosten... Ich bin ein bißchen durcheinander...«

Es war ihm wirklich peinlich, vor allem wegen dieser Briefe, dieser Geldscheine und der Schecks, die er vor sich sah und nach denen er unwillkürlich immer wieder schielte.

Auch der Blick des Kommandanten machte ihn verlegen. Er hatte sich oft gefragt, was dieser Mann von ihm halten mochte. Als er sich am ersten Tag bei ihm vorgestellt hatte, da hatte er ihn eine ganze Weile lang eingehend betrachtet.

»Und Sie haben niemanden in Paris?« hatte er gemurmelt, als spräche er mit sich selbst.

»Nur meine Frau ...«

»Und Ihre Mama ist Witwe ...«

Warum hatte er das mit so düsterer Miene, aber dennoch mit einem Anflug von Rührung, vielleicht sogar von Mitleid gesagt?

Seither hatte er nur wenig mit ihm gesprochen. Wenn er in das Büro im ersten Stock kam, warf er ihm nur einen flüchtigen Blick zu. War er besonders gut gelaunt, fragte er höchstens mal:

»Haben Sie sich in Paris schon eingelebt? Ihre Frau auch?«

Zweimal hatte Gérard ihn bereits um einen Vorschuß auf sein Monatsgehalt gebeten. Es war viel leichter gegangen, als er geglaubt hatte. Man hätte meinen können, der Kommandant habe von Anfang an damit gerechnet. Er hatte ihn nur vage angeschaut, geseufzt, seine Brieftasche gezückt und die Scheine gezählt.

Jetzt warf er ihm wieder diesen leeren und zugleich bleiernen Blick zu.

»Den Wievielten haben wir heute?«

»Den neunten ...«

War das ein Vorwurf, weil er am neunten schon das Geld für den ganzen Monat ausgegeben hatte? Der Kommandant nahm ein paar Banknoten vom Tisch, von den verschiedenen Häufchen. Dabei sah er so aus, als sei er sich nicht schlüssig, ob er mehr nehmen sollte. Er reichte ihm die Scheine.

»Gehen Sie nach Hause, und kümmern Sie sich um Ihre Frau. Selbst wenn Sie zwei oder drei Tage gar nicht kommen können ... Sagen Sie nur Mademoiselle Berthe Bescheid!«

Im Grunde war überhaupt nichts geschehen, und dennoch sollte Gérard den Eindruck, den diese Unterredung bei ihm hinterlassen hatte, nie mehr ganz loswerden. Noch nie hatte er sich so klein, so elend gefühlt. Schlimmer als elend, völlig unbedeutend.

Noch schlimmer: Nicht ihn hatte ja der Kommandant eigentlich angeschaut, nicht ihm das Geld gegeben, das begriff er nachgerade, während er die Treppe hinunterstieg, und da packte ihn die Verzweiflung.

Vor ihm hatte es einen gewissen Malterne gegeben. Das hatte ihm Mademoiselle Berthe erzählt, denn wenn Drouin unterwegs war und Jean Sabin Mademoiselle Lange zu sich hinuntergerufen hatte, war er manchmal mit Mademoiselle Berthe allein im Büro, und dann plauderten sie.

An seinem Platz hatte sechs Monate lang Malterne gesessen, ein Junge, der etwa in seinem Alter gewesen war und den der Kommandant besonders gern gemocht hatte. Er mußte geistreich gewesen sein, denn wenn man von ihm redete, entsann man sich immer seiner Sprüche und seiner Eulenspiegeleien.

»Warum ist er gegangen?«

»Es hat da eine leidige Geschichte gegeben.«

Malterne hatte sich Unregelmäßigkeiten zuschulden kommen lassen. Und nun wußte Gérard, wie. Denn er hatte auch erfahren, daß vor seiner Zeit die Post in dem Büro im ersten Stock durchgesehen wurde. Das war Malternes Aufgabe gewesen.

Gérard malte sich aus, wie die Banknoten und Schecks aus den Umschlägen geglitten waren...

»Was ist denn aus ihm geworden?«

»Er hat eine Stelle als Sekretär bei einem Stadtrat gefunden. Ein- oder zweimal ist er noch dagewesen, um den Kommandanten zu besuchen.«

Und vor Malterne, als Drouin noch nicht bei der Liga war, da hatte es einen anderen gegeben, Bigois, ebenfalls einen jungen Mann, zweiundzwanzig oder dreiundzwanzig Jahre alt und verheiratet, der aus dem Norden kam, aus Lille oder Roubaix, und der Paris hatte verlassen müssen, um in den Bergen seine Lunge auszukurieren.

Kurz und gut, der Kommandant hatte eigentlich nicht ihn, Auvinet, gemeint, als er ihn aus seinen trüben Augen angeschaut hatte, sondern all die jungen Leute seines Schlags, die nach Paris kommen, fahrig, verkrampft, in abgetragenen Sachen, knapp bei Kasse, ewig knapp bei Kasse, und die schnell die Nerven verlieren und dann lügen, betrügen, manchmal auch stehlen.

Gérard war so müde, daß er sich in der Tür irrte. Freilich kam er für gewöhnlich auch nicht vom oberen Stockwerk aus ins Büro. Er machte die Tür des hinteren Zimmers auf, aus dem ihm naßkalte Luft und ein undefinierbarer Geruch entgegenschlugen. Er kannte diesen Raum schon, ebenso schäbig wie die anderen, mit einem Fenster, dem eine Scheibe fehlte, die man durch einen Reklamekalender ersetzt hatte, und mit Stapeln von Zeitungen, Anschlagzetteln und Prospekten auf dem Fußboden.

Das war nun die Liga! Hier fand man alle Plakate wieder, mit denen sie während der vergangenen Jahre die Wände von Paris beklebt hatte, paketweise Mitgliedskarten und, in einer Ecke, Fahnen und Spruchbänder.

Unten Jean Sabin, der am Telefon mit Gott weiß welchem Präsidium in hochtrabenden, wohlgedrechselten Phrasen redete. Oben der Kommandant, der gewissenhaft Briefumschläge aufschlitzte ...

»Meine Frau ist krank ...«, sagte Gérard, als er das Büro betrat.

Er erzählte. Er setzte sich in seine Ecke. Er machte sich daran, ein paar Zettel abzulegen, dann öffnete er den Brief seiner Mutter, den er beim Weggehen in seinem Schlüsselfach des Hotels vorgefunden hatte. War das wirklich der richtige Zeitpunkt, ihn zu lesen? Sie haderte wieder einmal mit dem Schicksal, fand wie immer die demütigendsten Worte, jene, die einem jede Hoffnung im Leben verbauten.

... Wußte ich's doch, daß es so kommen würde. Hab ich's Dir nicht immer gesagt! Aber Du hast ja nicht hören wollen. Jetzt hast Du's, hast es allein Dir zu verdanken. Heiratet man denn mit zwanzig, wenn man noch nichts erreicht hat?

Um Deine Mutter hast Du Dir ja nie Sorgen gemacht. Du erzählst mir von Dir, immer nur von Dir. Daß Du Dir Dein Leben aufbauen mußt ... Als ob sich nicht jeder sein Leben aufbauen müßte!

Ich wünsche mir weiter nichts, als daß Deine Frau imstande ist, Dir zu helfen, was ich allerdings bezweifle.

Was mich betrifft, so werde ich wohl eine Entscheidung treffen müssen. Aber keine Bange, ich werde schon durchkommen. Ich habe mein Leben lang gearbeitet, und in meinem Alter bin ich immer noch dazu imstand.

Ich habe schon in unserem Viertel herumgefragt. Es wird sich sicher ein alter, alleinstehender Herr finden, der ein Dienstmädchen braucht...

Dieses Wort hatte sie bewußt gewählt! Wie viele Male hatte sie es ihm vorgesagt, boshaft, ja boshaft! Sie wußte nur zu gut, wie sie ihn zu Tränen rühren konnte. Schon als er sich freiwillig gemeldet hatte, um seinen Militärdienst hinter sich zu bringen, hatte es getönt:

»Nur zu, wenn du unbedingt willst! Ich kann ja doch nichts dagegen tun, nicht wahr? Wenn du dir etwas in den Kopf gesetzt hast... Na ja, ich kann ja jederzeit Dienstmädchen werden...«

Konnte sie ihm denn nicht ein paar Monate Zeit lassen? Nein? Er hörte förmlich, wie sie sich bei den Nachbarn beklagte:

»Ach, Madame Bertrand, für mich ist es so, als ob ich keinen Sohn mehr hätte. Er hat halt heiraten wollen, nach Paris ziehen... Er erzählt rum, daß er zweitausend Franc im Monat verdient, aber daß er mich nicht noch um Geld bittet, ist auch schon alles.«

Und jenseits der Hinterhöfe, sehr weit weg, schien die Sonne auf die Rückseite der großen Wohnhäuser in der Rue de Courcelles. Da drüben gab es ein Zimmer, das ständig Gérards Blicke anzog. Es war ganz in Weiß gehalten, mit weiß gestrichenen Schränken, die sich an den Wänden entlangzogen und auf denen fein säuberlich bauchige Lederkoffer und flache Überseekoffer gestapelt waren, eine vollständige, kostspielige Reiseausstattung.

Morgens bürstete ein Kammerdiener in gestreifter Weste am offenen Fenster Anzüge und Mäntel aus. Bisweilen gesellte sich ein Zimmermädchen zu ihm, und sie plauderten miteinander. Sobald nach einem von beiden geklingelt wurde, lief entweder er oder sie hastig hinaus.

Drouin las Zeitung oder schrieb an seine Freundinnen. Er hatte immer irgendwelche Freundinnen, die abends an der Ecke der Rue Daru auf ihn warteten.

Er war ein Hitzkopf, grobschlächtig, aber sauber gewaschen, mit frischem Teint und kräftigen Zähnen. Bei Aufmärschen der Liga war er derjenige, der mit bedeutender Miene und einer Armbinde in den Nationalfarben am Zug entlanglief, Anweisungen erteilte, da oder dort zur Eile antrieb und die Banner wieder geraderichtete.

Um halb elf zog er seine Uhr aus der Tasche, eine goldene Uhr, an der er seine Freude hatte, weil der Deckel aufsprang, sobald er auf einen Knopf drückte.

»Sie können jetzt gut mal auf einen Sprung nach Hause gehen.«

Gérard ging, ohne den Regenmantel anzuziehen, denn es war sonnig, und über den Straßen lag ein zarter Hauch von Frühling. Er kam an einem Milchgeschäft vorbei und an einem Metzgerladen, in denen Köchinnen anstanden, und da packte ihn ein beklemmendes, ungeheures Verlangen danach, zu leben wie alle anderen, die verrinnenden Stunden zu genießen.

Plötzlich, als er die Avenue de Wagram hinaufschritt, in der am Eingang zum Kino gerade die Plakate ausgewechselt wurden, erkannte er ein Gesicht wieder, ein Lächeln, und er wurde verlegen.

Es war Pilar, die er nicht mehr wiedergesehen hatte. Sie trug nur einen Morgenrock, keinen Hut und hatte weiße Pakete auf dem Arm. Im ersten Moment war er versucht, ihr auszuweichen, doch es war bereits zu spät.

Er hatte ihr versprochen, sie wieder zu besuchen, war aber nie hingegangen. Warum? Er wußte es nicht zu sagen. Vielleicht deshalb, weil er Angst vor ihr hatte? Oder vor sich selbst, wer weiß.

»Du scheinst es recht eilig zu haben...«, stellte sie ohne den geringsten Anflug von Unmut fest.

Da erklärte er hastig:

»Meine Frau ist sehr krank. Es ist noch nicht klar, was sie hat... Vielleicht eine Lungenentzündung.«

»Ist sie im Krankenhaus?«

»Nein, aber vielleicht muß sie noch rein.«

»Du Armer! Hat sie Fieber? Bist du deshalb nicht gekommen?«

In ihrem Blick lag noch mehr heitere Frühlingsstimmung als über der Avenue, an deren Ende sich der Triumphbogen abzeichnete.

»Hast du wen, der sie pflegt?«

»Ich pflege sie selbst.«

Gerührt wiederholte sie:

»Du Armer! Armer Junge!«

Dann legte sie ihm eine Hand auf den Arm.

»Bist du jetzt auf dem Weg in dein Hotel?«

»Ja.«

»Wart mal! Komm einen Moment mit!«

Er folgte ihr, ohne zu wissen, wohin. Geistesabwesend ging er im Sonnenschein neben ihr her, im Duft des Morgens, und stutzte erst an der Tür eines Delikatessenladens, den sie betrat. Sie winkte ihn hinein.

Unbekümmert, wie eine kleine Fee, betrachtete sie die Marmorregale des Geschäfts und zeigte mit der Spitze ihres rosigen Zeigefingers auf dies und das.

»Davon bitte... Sind sie sehr süß?«

Muskatellertrauben, große, längliche, fleischige Weinbeeren, dann Datteln, dann...

»Sei still... Das geht dich gar nichts an... Die sind für deine Frau.«

Dann sagte sie wieder:

»Armer Junge!«

Sie drückte ihm alles in die Hand.

»Lauf jetzt... Aber du mußt dir unbedingt mal einen Moment Zeit nehmen und zu mir kommen, damit du mir erzählen kannst, wie es ihr geht, einverstanden?«

Zärtlich, wie ein Kind, hob sie ihren Zeigefinger an die Lippen und drückte ihn ihm auf die Wange.

»Geh jetzt!«

Er stand so verdutzt, so fassungslos da, daß sie in schallendes Gelächter ausbrach.

»Armer Junge... Mein armer Schatz...«

Linette schlief nicht, und ihr Blick hieß ihn in dem Zimmer willkommen, in dem es bereits nach Krankheit roch.

»Du hast doch hoffentlich nicht nach Poitiers telegrafiert?«

»Aber nein...«

»Versprich mir, daß du's nicht tust, was auch immer passiert! Was ist denn das?«

»Weintrauben, Datteln...«

»So ein Unfug... Gib mir nur etwas zu trinken!«

Ihr Gesicht war aschfahl, was nichts Gutes verhieß. Irgendwo im Hotel bearbeitete jemand die Korridorteppiche mit dem Staubsauger.

»Hast du Geld aufgetrieben?«

»Aber ja, mach dir keine Sorgen! Ich kriege so viel, wie ich brauche.«

Ihr war nicht wohl dabei. Auch sie traute ihm nicht, wie seine Mutter.

»Von der Liga?«

»Der Kommandant hat sich sehr nobel benommen...«

»Sei trotzdem vorsichtig, Gérard... Ich kenne dich...«

Alle kannten ihn! Auch der Kommandant kannte ihn! Man traute ihm nicht. Man nahm ihn nicht ernst.

Sogar Pilar, die ihn belustigt angesehen hatte, brachte nur ein mühsames Lächeln zustande, als sie gerührt murmelte:

»Du bist doch ein armer Junge...«

Ihm schwirrte der Kopf, vor Müdigkeit, vor Aufregung. Und von all dem Alkohol, den er seit dem Morgen in sich hineingegossen hatte, um sich aufzumuntern, war ihm speiübel.

5

Pilar war als erste da. Sie wartete auf der Place de l'Étoile Ecke Avenue de Wagram auf ihn. Sie trug sehr hohe Absätze, war sehr gut gekleidet, und ihr roter Hut loderte im strahlenden Sonnenschein.

Warum gönnte ihm das Leben nur so wenig? Etwa zwanzig Schritte trennten sie noch voneinander. Sie hatte ihn nicht kommen sehen. Obwohl sie ganz allein dastand, lächelte sie wie jemand, dem nur angenehme Gedanken durch den Kopf gehen. Das war das Besondere an nahezu allen, die vorbeischlenderten, ob Männer oder Frauen. Vielleicht lag es an diesem herrlichen Frühlingstag, vielleicht auch daran, daß es fünf Uhr nachmittags war und daß die Leute, die um fünf unterwegs sind, nicht die gleichen Sorgen haben wie jene, die um sechs aus den Büros, den Werkstätten und den Kaufhäusern strömen und sich in die Metro zwängen.

Fast nichts: Sonne rund um den Triumphbogen, Pilar, die auf ihn wartete und den Anschein von Luxus erweckte, vor allem die Tatsache, daß er hier war und nicht bei der Liga diese gräßlichen blauen Umschläge bekritzelte ... Das genügte schon, daß er wie auf Wolken schwebte.

Sie entdeckte ihn, und er freute sich, weil er so manches Mal Pärchen beobachtet hatte, die sich auf der Place de l'Étoile trafen, und weil er sie immer beneidet hatte; jetzt war er einmal derjenige, dem Augen entgegenlachten, den ein vor Zärtlichkeit sprühender Blick umfing, unter dessen Arm sich ein anderer Arm schob.

»Bin ich zu spät dran?« fragte er.

»Nein ... Komm ...«

Er hatte absichtlich bis Viertel vor fünf gewartet, ehe er Drouin bat:

»Kann ich mal schnell weg und nachsehen, ob meine Frau was braucht?«

Wie erwartet, hatte Drouin seine Uhr aus der Tasche gezogen und den Deckel aufspringen lassen.

»Sie brauchen heute abend nicht mehr herzukommen ...«

Darauf war Gérard in die Rue de l'Étoile gerannt. Linette saß im Bett und strickte an einem Babyjäckchen. Sie hatte keine Ahnung, wie spät es war.

»Bist du schon da?«

»Ich mache die Tour zu den Zeitungen ... Ich wollte nur schnell nach dir schauen ...«

Im selben Moment wurde ihm angst und bang. Er hatte nicht daran gedacht, daß er an die fünfzig Briefumschläge bei sich haben müßte. Seine Frau könnte merken, daß seine Taschen leer waren. Deshalb beugte er sich nur rasch über sie und küßte sie auf die Stirn.

»Geht's dir einigermaßen?«

»Aber ja ...«

Ihr ging es inzwischen besser. Sie hatte zwar nach wie vor Fieber, aber der Arzt besuchte sie nur noch jeden zweiten Tag.

»Hast du Lust auf irgendwas? Soll ich dir was mitbringen, irgendwas, was dir schmeckt?«

»Du bist wirklich lieb.«

Er hatte in den Tagen zuvor die rosa Wolle und die Stricknadeln besorgt. Und er war es auch, der morgens um sechs saubergemacht hatte, weil Linette fand, daß das Zimmermädchen zu schlampig sei. Er hatte seine Frau sogar gewaschen, mit lauwarmem Wasser, weil sie noch das Bett hüten mußte.

»Bis später...«

Er hatte die Flucht ergriffen. Nun schlenderte er mit Pilar am Arm durch die Straßen.

»Ich habe mich gefragt, ob du überhaupt kommst. Du bist mir schon ein komischer Junge.«

Sie hatte ihm regelrecht nachlaufen müssen. Sie wußte, zu welchen Zeiten er nach Hause ging, um sich um seine Frau zu kümmern, und hatte ihn in der Avenue de Wagram Ecke Rue de l'Étoile abgepaßt. Anfangs hatte er fast Angst. Doch auch daran gewöhnte er sich.

»Komm, zeig dich...«

Sie stellte sich vor ihn hin, rückte den Knoten seiner Krawatte gerade und zupfte das blaue Stecktuch zurecht, das sie ihm geschenkt hatte.

»Sag deiner Frau, du hast es von jemandem aus der Liga gekriegt.«

Sie machte gern Geschenke: Orangen und Leckereien für Linette, die sie nicht einmal kannte, Stecktücher für ihn oder englische Zigaretten. Jetzt schob sie ihm wieder ein Päckchen in die Tasche. Kurz vorm ›Florida‹ schob sie ihm noch etwas zu, und er konnte gerade noch erkennen, was es war: ein winzig klein zusammengefalteter Hundert-Franc-Schein. Sie drückte seinen Arm etwas zärtlicher, damit es ihm leichter fiel, ihn anzunehmen.

»Für die Cocktails... Aber ja... Psst!«

Da wurde ihm sein Vergnügen doch schon vergällt! Und trotzdem war es nötig. Gerade hatte er sich nämlich gefragt, ob er überhaupt genug Geld hatte, um sie einzuladen.

Das ›Florida‹ war in der Avenue Mac-Mahon: ein Zerberus in Uniform vor einer Tür, ein dicker Teppich, ein ziemlich langer Gang, in dem sich der Schein der elektrischen Lampen gegen das Sonnenlicht bescheiden ausnahm. Pilar hob einen Vorhang.

Und plötzlich waren sie sehr weit weg, in einer Welt, die er bislang nur geahnt hatte. Die Augen mußten sich erst an das Zwielicht gewöhnen, denn das gedämpfte Licht erhellte kaum die Wände; die Teppiche und die Sessel waren altrosa oder mausgrau; auch das Orchester spielte nur gedämpft, und einige Paare tanzten langsam, so langsam, daß sie bisweilen stillzustehen schienen.

Pilar begrüßte völlig unbefangen die jungen Leute, die sie grüßten, und nannte fast alle bei ihren Vornamen:

»Guten Tag, Nic... Tag, Jean-Pierre... Na, ganz allein?...«

Sie wußte, daß sie ihrem Begleiter über seine Verlegenheit hinweghelfen mußte, und führte ihn unauffällig.

»Schau mal, hier in der Ecke... Da sitzen wir sehr gut...«

Sie hatte genug Zeit gehabt, alles zu überblicken.

»Er ist nicht da«, stellte sie fest.

Sie sank in einen niedrigen Sessel, schlug die Beine übereinander und bestellte beim Kellner im Frack:

»Zwei Rose de Paris, Fred!«

Selbstverständlich empfand Gérard zunächst einmal nur Feindseligkeit, weil für ihn alles neu und unbekannt war, weil er sich linkisch fühlte. Als Pilar ihn anschaute, brach sie in schallendes Gelächter aus.

»Was für ein Gesicht du machst, mein Schatz!«

Er wußte sehr wohl, daß es Orte wie diesen gab, aber es ist zweierlei, ob man es nur weiß oder ob man unversehens damit konfrontiert wird. Am hellichten Nachmittag, während er eigentlich in der Liga hätte sein müssen, um dort geduldig darauf zu warten, daß es sechs wurde, oder Briefe und Pakete zur Post in der Rue Balzac zu bringen, während zigtausend Leute in Büros oder Werkstätten arbeiteten, gab es hier an die zwanzig, vielleicht auch dreißig junge, gutgekleidete Männer, die so frisch waren, als wären sie gerade aus der Badewanne gestiegen, und die nichts anderes zu tun hatten, als zu trinken, Zigaretten zu rauchen und mit hübschen Frauen zu flirten.

»Gefällt es dir nicht?«

»Kommst du oft hierher?« fragte er eifersüchtig.

»Wenn ich sonst nichts zu tun habe...«

Sie hielt einen Mann im Smoking an, der vorbeiging, einen Mulatten mit aufreizendem Lächeln.

»Hello, Bobby! Ist der Patron nicht da?«

Er zeigte auf eine kleine Tür.

»Allein?«

»Er hat Besuch, aber nicht für lange.«

»Danke! Gibst du mir Feuer?«

Lässig hielt er ihr ein prächtiges, goldenes Feuerzeug hin. Sie erklärte Gérard:

»Er ist im Garten. Hier gibt es nämlich einen Garten. Das würde man nicht vermuten, nicht wahr? Er ist ein komischer Kauz, du wirst's ja sehen. Tanzt du?«

Er tanzte, und das wurde wieder eine Enttäuschung. Er hatte sich für einen guten Tänzer gehalten. Doch gleich nach den ersten Schritten spürte er, daß seine Partnerin ihn bremste und diskret nach und nach die Führung übernahm.

»Sachte... So... Kapiert?«

Und als sie sah, wie er die Stirn runzelte:

»Bist du gekränkt?«

»Nein.«

»Man muß gleiten... Nur gleiten... Nicht hüpfen...«

Es verschwor sich aber auch alles gegen ihn! Konnte er denn gar nichts so machen wie die anderen? Sie kehrten an ihren Platz zurück.

»Du wirst ein sehr guter Tänzer... Bestimmt... Ich bringe es dir bei...«

So wie sie ihm schon hatte beibringen müssen, wie man küßt, und sogar, wie man liebt. Wie sie ihm beigebracht hatte, die Krawatte zu binden und lässig eine Ecke des Stecktuchs aus der Jackentasche herausschauen zu lassen.

»Du bist ein komischer Junge. Jetzt bist du doch gekränkt.«

»Aber nein.«

Im übrigen hätte er ihr antworten können, daß sie

selbst nicht so recht hierher paßte. Ohne viel davon zu verstehen, sah er einen Unterschied zwischen Pilar und den meisten Frauen, die sich im ›Florida‹ aufhielten. Hätte er diesen Unterschied auch gemerkt, wenn sie ihm nicht gestanden hätte, daß sie noch vor wenigen Monaten Zimmermädchen bei einem spanischen Diplomaten in der Avenue Hoche gewesen war?

»Laß dich bloß von Monsieur Duhour nicht einschüchtern! Er sieht unnahbar aus ... Aber das ist seine Masche, daß er sich so eiskalt gibt, um die Leute zu beeindrucken. Im Grunde ...«

Da unterbrach er sie und fragte in feindseligem Ton:

»Hast du mit ihm geschlafen?«

Sie zuckte mit den Schultern und sagte dann, nach einem taxierenden Blick in die Runde:

»Na, ich wette, die Frauen hier, die das nicht hinter sich haben, kannst du an einer Hand abzählen, die Dämchen der feinen Gesellschaft eingerechnet ...«

Ein junger Mann forderte Pilar zum Tanzen auf, und es war ein sonderbarer Tanz: Die Paare drehten sich kein bißchen im Kreis – und ist das nicht das Wesentliche beim Tanzen? –, sie schienen vielmehr ihre Standfestigkeit zu beweisen, sie bewegten sich kaum, stampften nur ein wenig mit den Füßen, ernst und lächelnd zugleich, mit einem verhaltenen Lächeln, als gäben sie sich einem geheimnisvollen Ritual hin, als kosteten sie in erprobter Manier ungeahnte Wonnen aus.

Gérard saß behaglich in seinem Sessel, und dennoch war er mehrmals drauf und dran, einfach wegzugehen.

Jemand war durch die kleine Tür getreten. Als Pilar zurückkam, erklärte sie ihm:

»Er müßte jetzt allein sein. Komm... Warum machst du denn so ein Gesicht?«

Man hätte meinen können, er sei von Feinden umringt und mache sich gerade auf, es allein gegen alle aufzunehmen. Jenseits der Tür schien die Sonne, in einem von hohen Mauern eingefaßten Garten mit einem einzigen Baum in der Mitte, einer großen blühenden Kastanie. Darunter standen auf einem grünen Tisch zwei Gläser und eine Flasche. Ein schwarz gekleideter Mann um die sechzig mit sehr bleichem Gesicht saß im Schatten und rauchte eine Zigarre. Er sah ihnen entgegen, ohne überrascht zu sein. Sein Blick musterte Gérard von Kopf bis Fuß, so daß dieser, als er endlich vor Duhour stand, das Gefühl hatte, von jenem bereits restlos durchschaut worden zu sein.

»Guten Tag, Monsieur Duhour... Störe ich?«

»Guten Tag, Kleines...«

»Ich habe mir erlaubt, einen guten Freund mitzubringen, Gérard Auvinet...«

Auch sie wußte, daß Duhour begriffen hatte, daß er alles begriffen hatte. Er war nicht aufgestanden. Er hielt nur die Hand des jungen Mädchens eine Weile fest und streichelte sie. Dann zeigte er auf zwei eiserne Stühle.

»Setzen Sie sich, junger Mann!«

Er war sehr anwaltsmäßig gekleidet, wenn auch ohne Geschmack, ohne Sorgfalt. Sein falscher Kragen war schmutzig, die Krawatte um einen Zelluloidstreifen geschlungen.

»Mein Freund ist zur Zeit Sekretär bei Jean Sabin.«

Wirkte das fahle Gesicht auch kalt und hart, in den grauen Augen blitzte es doch schelmisch.

»Ach, in dem Laden sind Sie...«

Und beinahe augenzwinkernd fügte er hinzu:

»Die haben's faustdick hinter den Ohren, was? Nur, sie zahlen schlecht. Wieviel kriegen Sie?«

Also hatte er nicht geglaubt, daß Gérard der Sekretär des Schriftstellers war. Er wußte Bescheid. Er kannte die Liga. Ihm brauchte man nichts vorzumachen.

»Achthundert.«

Die Augen lachten, beinahe bewundernd. Sie verharrten einen Moment auf der linken Hand des jungen Mannes.

»Sie sind verheiratet... Wie alt?«

»Zwanzig.«

Duhour warf Pilar einen verschwörerischen Blick zu, als verstünden sie einander ohne Worte.

»Seit wieviel Monaten in Paris?«

Er hatte *Monate* gesagt... Hätte Gérard denn nicht schon seit Jahren hier sein können?

»Etwas mehr als vier Monate.«

»Aus welcher Gegend?«

»Poitiers.«

»Dort hab ich mal einen gewissen Bonte gut gekannt, der eine Anwaltskanzlei betreibt.«

Die Kanzlei Bonte! Die, in der Monsieur Coutant, einer ihrer Hochzeitsgäste, Prokurist war!

»Eine Kanaille!«

Und aus seinem blutleeren Mund klang das Wort wie ein Kompliment.

»Kurz und gut, Sie suchen eine Beschäftigung, egal, was?«

Pilar antwortete an seiner Stelle:

»Er ist nicht dafür geschaffen, bei der Liga zu bleiben. Dort wird er nur ausgenutzt. Dabei ist er intelligent, gebildet ...«

»Welche Schule?«

Ihm konnte Gérard keine Märchen erzählen. Zögernd sagte er:

»Gymnasium.«

Dann fügte er widerstrebend hinzu:

»Bis zur mittleren Reife ... Als mein Vater starb ...«

Schon gut, Duhour wußte bereits Bescheid. Einen Moment lang hatte er sogar Auvinets Socken betrachtet, diese Socken, die Gérard erst tags zuvor an den Grands Boulevards gekauft hatte und über die er zu seiner Frau gesagt hatte:

»Du mußt zugeben, man würde schwören, daß sie aus Seide sind. Dabei haben sie nur sechs Franc fünfzig gekostet, aber das sieht man nicht.«

Vermutlich sah man es doch, wie alles andere auch, denn Duhour konnte man nichts vormachen.

»Ich hab ihn dazu überredet mitzukommen, Monsieur Duhour. Ich hab ihm gesagt, daß Sie außer dem ›Florida‹ noch eine Menge anderer Geschäfte betreiben, einen Klub, Kasinos in der Normandie und im Süden ...«

Er wehrte mit einer Handbewegung ab, wie um ihre Erwartungen zu dämpfen.

»Wieviel Sprachen?«

»Ich habe Englisch gelernt ...«

»Aber Sie können es nicht! Und Sie haben eine Frau, die Wert darauf legt, Ihnen überallhin zu folgen ...«

»Nicht unbedingt.«

»Wie soll ich das verstehen?«

Wieder schaute er Pilar an, und sein Blick sagte: »Siehst du, schon läßt er seine Frau sitzen...«

Sei's drum! Dann ließ er sie eben sitzen. Er tat es ja nicht wirklich. Er war so versessen darauf, von der Liga wegzukommen und etwas anderes auszuprobieren, daß er kleinlaut nuschelte:

»Meine Frau und ich sind gute Freunde. Sie versteht sehr gut, daß ich mir eine Karriere aufbauen muß.«

Da fragte Duhour ganz sanft und honigsüß:

»Kurzum, sie wäre bereit, zu ihren Eltern zurückzukehren?«

»Na ja, zu ihren Eltern wohl gerade...«

Er mußte sich etwas einfallen lassen. Auf all diese Fragen war er nicht gefaßt gewesen.

»Sie erwartet ein Baby. Es geht ihr gesundheitlich nicht gut. Ich könnte sie irgendwo auf dem Land unterbringen...«

Wenn es sein mußte, war er auch dazu entschlossen. Er war zu allem entschlossen.

»Kann er tanzen?« wandte sich der Mann an Pilar.

»Er lernt's.«

»Hört zu, Kinder, ich will euch nichts versprechen, so mir nichts, dir nichts. Ihr müßt noch mal herkommen. Aber nicht zu früh! Ich brauche vor allem im Sommer Leute, für die Kasinos. Wenn er Barkeeper oder Maître d'hotel wäre, dann wäre es einfach.«

Noch eine Frage, während er Gérard ins Gesicht sah:

»Können Sie pokern?«

»Ich... ja... ein bißchen...«

»Also gut, Sie können's nicht.«

Er stand auf und zündete seine Zigarre wieder an, die inzwischen ausgegangen war.

»Verlassen Sie trotzdem die Liga nicht zu schnell... Diese Leute haben Beziehungen. Ich kenne einen Burschen, der bei ihnen war und der es geschafft hat, bei einem Stadtrat unterzukommen. Ein Junge, der weiß, was er will, und der es weit bringen wird.«

Er verabschiedete sich von ihnen. Also kannte er Malterne, er war im Bilde, vielleicht wußte er auch, daß Malterne Geld aus der Kasse gestohlen hatte.

Sie kehrten ins Tanzlokal zurück und tranken ihre Gläser leer.

»Du darfst den Mut nicht verlieren. Ich bin sicher, daß er sich um dich kümmern wird. Er ist immer so. Das macht er absichtlich, daß er die Leute abschreckt...«

Er widersprach ihr nicht, aber er war verbittert. Monsieur Duhours Blick war beinahe ebenso entmutigend wie der des Kommandanten. Die schienen ihn ja besser zu kennen als er sich selbst.

»Schon wieder einer von der Sorte!« schienen sie zu sagen.

Noch so ein junger Schnösel ohne Geld, ohne finanzielle Rückendeckung – ist zu nichts zu gebrauchen und kommt nach Paris, um ein reicher Mann zu werden.

Letzten Endes meinte er, man werfe ihm vor, daß er erst zwanzig war, und er schämte sich dafür. Er fand es schrecklich, noch so jung zu sein, weil es ihm nichts als ständige Demütigungen einbrachte.

»Zahl jetzt...«

Ach ja, mit den hundert Franc, die sie ihm in die Tasche gesteckt hatte! Er zahlte und ging mit ihr hinaus. Es war noch nicht dunkel.

»Gehst du nach Hause?«

»Ich muß mich um meine Frau kümmern.«

»Du siehst unzufrieden aus. Glaub mir, er wird sich deiner annehmen...«

»Aber ja...«

»Schenk mir ein Lächeln...«

»Da...«

»Küßchen...«

Sie hielt ihm eine Wange hin, und er drückte seine Lippen darauf.

»Kochst du auch für deine Frau?«

Sie spürte, daß es besser war, jetzt nicht weiterzufragen, sondern ihn in Ruhe zu lassen. Sie schmiegte sich noch einmal zärtlich an ihn, dann entschwand sie mit ihren raschen und beschwingten Schritten, nachdem sie ihm zugerufen hatte:

»Bis morgen! Versprich es! Sonst hole ich dich bei deiner Frau ab.«

Im Milchladen kaufte er Kartoffelpüree und bereits fertig zubereitetes Gemüse und beim Metzger ein kleines Stück gekochten Schinken. Langsam erklomm er die Stufen des Hotels.

»Schon zurück?«

Sie strickte immer noch friedlich im Dämmerlicht.

»Hast du die Tour hinter dir?«

»Ja.«

Er zündete den Spirituskocher an, wärmte das Essen auf, und als sie fertig waren, spülte er die beiden Teller und das Besteck im Waschbecken. Er räumte auf, überlegte, ob er noch einmal weggehen sollte, und legte sich schließlich, auch wenn er ganz und gar nicht müde war, bereits um neun Uhr abends ins Bett.

Es wurde eine üble Nacht. Lange lag er da und konnte, von bösen Gedanken geplagt, keinen Schlaf finden.

Zunächst dachte er an die Socken, die Monsieur Duhour nahezu mitleidig betrachtet hatte. Das erinnerte ihn an den kleinen Vortrag, den Vannier ihm in seinem Büro gehalten hatte. Auch er hatte ihn von Kopf bis Fuß kritisch gemustert und dann davon geredet, wie unentbehrlich ein guter Schneider sei.

Pilar hatte ihm beigebracht, seine Krawatte zu binden. Vorhin hatte sie versucht, ihm das Tanzen beizubringen.

Wozu taugte er denn eigentlich? Er konnte nichts, nicht einmal Englisch. Das war es doch, was sie ihm alle zu verstehen gaben, ohne es auszusprechen, aber mit beredten Blicken: »Ist ja schön und gut, es zu etwas bringen zu wollen... Aber womit?«

Er war zu nichts zu gebrauchen. Seine Mutter hatte recht gehabt, als sie ihm immer wieder sagte:

»Unsereiner geht besser zur Bahn oder in eine Behörde. Da hat man für sein ganzes Leben ausgesorgt.«

Was hatte ihn eigentlich davon abgehalten? War es vielleicht gar nicht so sehr der Ehrgeiz? War er überhaupt ehrgeizig? Es war wohl mehr die Angst. Aber die Angst wovor?

Vor den Sonntagen zum Beispiel. Er sah wieder die Sonntage in seinem Viertel oder in der Stadt vor sich, die leeren Straßen, die Gestalten, die wie schattenlose Wesen Gott weiß wohin unterwegs waren. Und die steifen Beamten in ihren guten Anzügen, mit ihren sonntäglich herausgeputzten Frauen, die einen Kinderwagen schoben oder die Kleinen an der Hand hinter sich herzogen.

Warum jagte ihm das solche Angst ein, daß er hätte schreien können? Und die dämmrigen Abende in den leeren Straßen, die Lichter in den Geschäften des Viertels, die Männer, die heimkamen, einen Schlüssel aus der Tasche zogen, ihn feierlich ins Türschloß steckten... Schon das erste Mal war er aus Angst geflohen, damals, als er sich freiwillig zum Dienst in der Armee gemeldet hatte.

Ihm war heiß. Seine Frau hatte immer noch erhöhte Temperatur, und das Bett, in dem sie den ganzen Tag zugebracht hatte, war feucht. Er rückte dicht an die Wand, bemühte sich einzuschlafen, und die quälenden Gedanken kamen zuhauf.

So war das auch mit den Pferden gewesen. Er hatte Angst vor Pferden. Dennoch war er aus Trotz, aus Stolz zur Kavallerie gegangen. Und vom ersten Augenblick an, ob im Stall oder in der Reithalle, hatte ihn die Angst vor den Pferden so überwältigt, daß er nachts Fieberträume bekam.

Das war zuviel für ihn. In der Reithalle hätte er sich am liebsten von seinem Pferd gestürzt. Und das tat er dann auch. Er suchte den Truppenarzt auf. Er klagte über ein Bein, das er sich einmal gebrochen hatte und das ihm angeblich noch immer Beschwerden verursachte.

Endlich von den Pferden befreit, mußte er den Stallburschen spielen, und zwei Monate lang, die schrecklichsten seines Lebens, setzte er Himmel und Hölle in Bewegung, um in die Schreibstube abkommandiert zu werden.

Schon als Soldat war er nicht so wie die anderen gewesen. Er war bei nichts jemals so wie die anderen gewesen, und er würde es nie sein. Er hatte sich seiner Uniform geschämt, die ihm nicht stand. Wie oft hatte er mit Stubenkameraden die Jacke getauscht? Er bot ihnen dafür Geld an, kam vom Regen in die Traufe und steckte letzten Endes in so engen Sachen, daß er wie eine verkleidete Tänzerin aussah.

Das passierte ihm oft, daß er sich abends beim Einschlafen vor sich selbst schämte. Er schämte sich für die kleinen Beträge, für die zwei Franc oder den einen Franc fünfzig, die er Tag für Tag aus der Portokasse der Liga abzweigte. Er schämte sich für die Briefe, die er seiner Mutter schrieb, für die Versprechungen, die er ihr immer wieder machte, für seine Lügen und dafür, daß er wußte, wie unglücklich sie war, und doch nichts für sie tat.

Er wäre so gern stolz auf sich gewesen! Seine Vorsätze waren alle gut, waren edel. Hatte er auch nur einen Augenblick gezögert, Linette zu heiraten? Liebte er sie etwa nicht? Pflegte er sie nicht, so gut er konnte, so hingebungsvoll, daß er kaum noch zum Schlafen kam?

Wollte man den Leuten glauben, dann gibt es nichts Schöneres als die Jugend, die sie einem aber im Handumdrehen wieder vorwerfen oder bestenfalls mitleidig nachsehen.

Es war nicht seine Schuld, wenn er schummelte. Man zwang ihn dazu. Das Geld! Immer das liebe Geld! Wie er es haßte, dieses Wort, über das er seit seiner Kindheit stolperte. Auch im Gymnasium, als seine Klassenkameraden...

Er sah wieder das ›Florida‹ vor sich, diese jungen Leute, die kaum älter waren als er, die gut gekleidet waren, die Cocktails an der Bar tranken, die sich mit den Frauen duzten, silberne oder goldene Zigarettenetuis aus der Tasche zogen...

Mit einem unglücklichen Zug um den Mund und Tränen an den Wimpern schlief er ein. Er hätte jemanden gebraucht, der ihn in den Schlaf wiegte, der ihm ermutigende Worte ins Ohr flüsterte und der vor allem die häßlichen Dinge von ihm fernhielt, aber das gibt es nicht, man ist ganz allein...

Sogar Pilar... Anfangs hatte er sie nicht wiedersehen wollen, weil er auch vor ihr Angst gehabt hatte. Das hatte er noch jetzt. Weiß Gott, wozu sie ihn noch verführte! Und welche Probleme erst auftauchen würden, wenn Linette wieder aus dem Haus gehen konnte!

Er schlief, wachte gegen drei Uhr morgens auf und gab bei der Gelegenheit seiner Frau ihre Tropfen.

»Mein armer Gérard, was für ein Leben du meinetwegen führen mußt...«

»Aber nein... Das ist doch selbstverständlich...«

Mit nackten Füßen stand er auf dem kalten Parkettboden, dann legte er sich wieder ins Bett, und bis er erneut einschlief, spukte ihm noch eine Idee im Kopf herum, auf die ihn Mademoiselle Berthe gebracht hatte.

Sie war schon zufrieden, daß sie überhaupt lebte,

zufrieden mit allem. Immer adrett schritt sie seelenruhig durchs Leben, gewissenhaft, duldsam, lächelnd. Jeden Abend fuhr sie zu ihrer alten Mutter heim, die eine Kräuterhandlung in der Rue de Picpus betrieb, und er stellte sie sich vor, in diesem faden Geruch getrockneter Kräuter.

Warum ging er denn nicht zu Dufayel?

Beim Aufwachen dachte er wieder daran. Er schaltete das Licht ein, setzte Wasser auf, rasierte sich und erledigte, mittlerweile schon mechanisch, die Hausarbeit. Den Kopf tief ins Kissen gedrückt, beobachtete seine Frau, was er tat, und erinnerte ihn an Kleinigkeiten, die er vergessen hatte.

»Wann können wir endlich in den eigenen vier Wänden leben, in einem sauberen Zuhause?«

Ihr graute vor Schmutz oder auch nur vor Angeschmuddeltem. Das Bett, in dem so viele Menschen geschlafen hatten, die sie nicht kannte, widerte sie an, ebenso wie diese dunklen Vorhänge, die fleckigen Teppiche, der Sessel, in dem vielleicht nackte Mädchen mit alten Männern gesessen und geknutscht hatten.

Die Zukunft, das war für sie eine sorgfältig aufgeräumte Wohnung oder ein kleines Haus mit hübschen, neuen Möbeln, später einmal ein Hausmädchen, makellose Wäsche und bequeme Kleidung, ein Tuchmantel mit Pelzkragen, lange Anproben bei der Putzmacherin ... Freunde, denen man den Tee in einem hübschen Service anbot ...

Konnte sie denn nicht begreifen, daß ihm auch das angst machte? Er hätte es ihr nicht erklären können. Er malte sich ein Leben aus, eine Kulisse. Das war's. Ein

Haus oder eine Straße oder ein Büro. Und mit einemmal wurde alles starr und reglos, war nur noch wie eine Momentaufnahme, auf der Menschen und Dinge für immer in der gleichen Pose verharrten. Er saß für alle Zeit in einem unsichtbaren Gefängnis fest, und die Angst würgte ihn in der Kehle, er wollte sich wehren, fliehen und verzweifelt schreien: »Nein, nicht!«

»Vergiß nicht, Brennspiritus zu besorgen! Die Flasche ist fast leer.«

Er ging hinunter zum Einkaufen. Die Straßen lagen wie ausgestorben da. Sprengwagen der Straßenmeisterei fuhren langsam vorüber und hinterließen nasse, glänzende Streifen auf dem Asphalt.

Wieviel konnte er beantragen? Zweitausend Franc? Er ging lieber ein bißchen zu hoch als zu niedrig. Wirklich unangenehm war nur, daß er sich noch einmal an den Kommandanten wenden mußte, aber diesmal nicht, um ihn um Geld zu bitten, sondern nur um eine schlichte Unterschrift.

Er stellte alles, was Linette brauchte, auf den Nachttisch: Medikamente, Wasser und den Kocher.

»Wieviel Fieber hast du?«

»Siebenunddreißig acht...«

»Falls der Arzt kommt, während ich nicht da bin, über der Stuhllehne hängt ein sauberes Handtuch.«

Es dauerte acht Tage. Es war viel schwieriger, als er zunächst gedacht hatte. Unter dem Vorwand, er müsse sich um seine Frau kümmern, nahm er sich eine Weile frei, stürzte in die Metro und fuhr zu Dufayel, an der Ecke des Boulevard Barbès. Ganz oben lag eine endlose Reihe durch Gitterstäbe abgeteilter Büros, vor denen Leute Schlange standen, und hier stieß Gérard auf seinesgleichen, auf Leute seines Schlags in zu engen oder abgetragenen Anzügen, die sich verstohlen umsahen und schnell ungeduldig wurden.

Man gab ihm ein Formular zum Ausfüllen. Alter. Beruf. Verheiratet? Kinder? Name und Adresse der Eltern. Wieviel er verdiente. Wohnte er zur Untermiete, ja oder nein? Welche Summe wollte er? Hatte er vor, sie in den Dufayel-Kaufhäusern auszugeben oder in anderen Geschäften, die auf einer angehefteten Liste standen? Welchen Betrag gedachte er monatlich oder wöchentlich zurückzuzahlen? Wer waren seine Bürgen?

Er trug den Namen von Jean Sabin und den des Kommandanten ein.

Sehr gut. Jetzt brauchte er ihre Unterschrift. Er mußte ein Drittel der Summe einzahlen, und die Erkundigungen, die man über ihn einholte, würden schließlich auch ein paar Tage beanspruchen.

Beinahe hätte er alles bleibenlassen. Der Gedanke an diese Erkundigungen erschreckte ihn.

Dennoch stieg er zum Kommandanten hinauf, erst gegen Ende des Tages, als er schon schwere Lider und einen verschwommenen Blick hatte.

»Ich bitte um Entschuldigung, Kommandant...«

Er bat ständig um Entschuldigung. Das hatte ihm seine Mutter beigebracht. Um Entschuldigung zu bitten und sich klein zu machen. Er sollte schließlich ein wohlerzogener Junge sein.

»Sie wissen ja, daß wir bald ein Kind kriegen...

Deshalb haben meine Frau und ich gemeint, wir müßten eine Wohnung finden, ein richtiges Zuhause... Ganz zu schweigen davon, daß das auch billiger wäre...«

Der andere schien sagen zu wollen: »Aber ja... Aber ja... Ich weiß...«

Doch Gérard erklärte und erklärte, so verzweifelt wie einer, der stolpert und verbissen weiterläuft, um nicht umzufallen.

»Ich war bei Dufayel, um die Sachen kaufen zu können, die wir am dringendsten benötigen. Sie haben Referenzen verlangt...«

Der andere streckte die Hand aus, bereit zu unterschreiben. Wozu die vielen Worte? Man hatte ihn wohl schon öfter darum gebeten. Vielleicht Malterne? Bei diesem Gedanken wurde Gérard rot.

»Ich schwöre Ihnen, ich werde die Monatsraten gewissenhaft zahlen. Im übrigen haben Sie ja mein Gehalt als Sicherheit...«

Er vergaß, daß er schon für zwei Monate einen Vorschuß bekommen hatte.

»Ich habe mir erlaubt, auf gut Glück auch den Namen von Monsieur Jean Sabin einzutragen...«

»Lassen Sie mir das da...«

Und am nächsten Tag ließ der Kommandant das Blatt mit den zwei Unterschriften im Vorbeigehen auf seinen Schreibtisch fallen. Er tat es bestimmt nicht verächtlich, dennoch wurde Gérard rot und war versucht, das Papier gar nicht zu verwenden.

Dies um so mehr, weil ihm auch das Drittel der Summe fehlte, das er einzahlen mußte. Und weil er mit

Linette darüber reden mußte. Schon wieder betrügen, lügen! Tag für Tag! Andauernd!

Einen Augenblick dachte er daran, sich an Pilar zu wenden, doch er schämte sich.

»Hör zu, Linette...«

Sie wußte, wenn er so anfing, lag etwas in der Luft, und sie runzelte mißtrauisch die Stirn. Sie war genauso mißtrauisch wie seine Mutter.

»Der Kerl, den ich da neulich abends getroffen habe, na, du weißt schon...«

An dem Abend, an dem er Pilar kennengelernt hatte und erst um ein Uhr nachts nach Hause gekommen war, hatte er Linette erzählt, er hätte in dem kleinen Bistro in der Avenue des Ternes mit einem Kerl geredet, der nicht auf den Kopf gefallen sei, der ihm vielleicht...

»Ich hab ihn wiedergesehen... Er möchte mich einem wichtigen Mann vorstellen... Einem ehemaligen Notar oder Anwalt, das weiß ich nicht mehr, jedenfalls einem, der mehrere Kasinos besitzt... Verstehst du?«

Noch ein Wort, das verriet, wie unbehaglich ihm zumute war. Nur, seine Frau wußte bereits, sollte sie das Pech haben, ihn zu verärgern, würde es eine Szene geben, Tränen, einen Wutausbruch, Faustschläge an die Wand, und am Ende mußte sie ihn wieder trösten.

»Es ist bloß so, ich möchte nicht in diesem Aufzug zu ihm gehen. Mir ist inzwischen klargeworden, daß Vannier recht gehabt hat... Erinnerst du dich noch?... Schon allein der Anzug... In Paris ist das...«

Er wagte nicht, mit dem herauszurücken, was er sich ausgedacht hatte. Zur Hochzeit hatten Linettes Eltern ihr bei einem Schneider in der Stadt einen Wintermantel machen lassen. Einen warmen Mantel, von guter Qualität, einen dieser Mäntel, die jahrelang halten und die man bei Bedarf mit Pelz garnieren kann.

»Nächstes Jahr im Frühling hab ich's bestimmt geschafft... Vorausgesetzt, du vertraust mir noch...«

Und da erreichte er, was er wollte.

»Wenn du meinst...«

»Ich bin mir sicher, weißt du... Ich bin mir sicher, daß ich es schaffen werde...«

Und das meinte er ehrlich. Hätte er doch bloß einen Anzug, einen richtigen, einen, wie die jungen Leute im ›Florida‹ sie trugen, und sein ganzes Leben wäre verändert.

Er legte den Mantel in einen Koffer und lief in eine kleine Straße hinter dem Städtischen Pfandhaus. Dort bekam er dreihundert Franc dafür. Es fehlten ihm nur noch hundert. Und Linette besaß eine Armbanduhr, die sie nie benutzte.

Zweimal ging er zu Dufayel zurück, und beim dritten Mal hatte er die beiden Gutscheine über je tausend Francs in der einen Tasche und die Liste der Geschäfte, in denen er mit diesen Gutscheinen einkaufen konnte, in der anderen.

Am nächsten Tag, gegen Mittag, verließ er endlich ein großes Konfektionsgeschäft an den Boulevards, in einem Anzug, wie er ihn sich schon lange erträumt hatte, breit in den Schultern und schmal in der Taille. Jetzt brauchte er nur noch Socken, Schuhe und einen zum Anzug passenden Hut. Eine halbe Stunde hatte gereicht, und er wäre beinahe in ein Taxi gesprungen, so verwandelt fühlte er sich. Er betrat ein Feinkostgeschäft, das auch fertige Gerichte anbot, und kaufte teure Sachen ein: kleine Medaillons aus Gänseleberpastete, geräucherten Lachs, einen Salat mit Mayonnaise.

Er schielte nach den Leuten, die ihm begegneten, und hoffte unwillkürlich darauf, ein bewunderndes Lächeln zu erhaschen.

Erst im Treppenhaus des Hotels wurde sein Schritt langsamer, er fühlte sich befangen, war ängstlich und rief, als er die Tür aufmachte und seine kleinen Pakete schwenkte, übertrieben laut:

»Rat mal, was ich dir mitgebracht habe!«

Und den Tränen nahe, verkniff er sich gerade noch hinzuzufügen: »Siehst du, ich bin doch nur ein kleiner Junge! Kann ich etwas dafür, wenn man mir die Verantwortung eines erwachsenen Mannes aufladen will?«

6

Das war der gefährlichste Augenblick für ihn, darüber war er sich im klaren, sie hätten es wissen müssen, alle, seine Frau und die Leute in der Liga und auch dieser Monsieur Duhour mit dem Blick, der so schwer auf ihm gelastet hatte. Doch es sah ganz danach aus, als hätten sie sich gegen ihn verschworen. Keiner dachte daran, ihn zurückzuhalten, und ein milder Frühling, wie er ihn noch nie erlebt hatte, machte sich noch zu ihrem Spießgesellen.

In der Liga wurde es allmählich peinlich. Was tat er dort eigentlich, außer daß er – natürlich stets im voraus – sein Geld kassierte? Die Putzfrau heizte morgens immer noch den Kamin an, aus purer Gewohnheit, weil sich niemand dazu aufraffte, ihr zu sagen, daß es nicht mehr nötig sei. Doch sowie sie eintrafen, öffneten sie die Fenster, und allein das veränderte die Atmosphäre im Büro von Grund auf.

Sie atmeten nun die gleiche prickelnde Luft ein wie die Leute in der Rue Daru, auf der Place des Ternes, in der Avenue Hoche oder in diesen großen Wohnhäusern, in denen sie die Dienstboten die Kleider der Herrschaften ausbürsten sahen.

Drouin trug jetzt eine Kreissäge und Mademoiselle Berthe einen dunkelroten Strohhut.

»Wie geht's Ihrer Frau?« fragte man ihn.

»Schon viel besser, danke.«

Das stimmte. Sie hatte keine Beschwerden mehr. Nur die weiterhin erhöhte Temperatur zwang sie noch dazu, im Zimmer zu bleiben.

Er hatte geglaubt, Linette würde deshalb ungeduldig werden, aber davon war keine Rede. Im Gegenteil. Er hatte ihr vom Rest der zweitausend Franc einen wattierten Hausmantel gekauft, aus einer Art billigem Satin, in einem hellen, nicht besonders hübschen Blau. Dafür war er wattiert, und das war es ja, was zählte. Diesen Hausmantel trug sie von morgens bis abends, dazu mit Federn verzierte Pantoffeln. So konnte sie stundenlang am Fenster sitzen und stricken, ohne sich zu langweilen.

Früher hatte sie genau wissen wollen, womit er seine Zeit verbrachte, und vor allem, was er mit seinem Geld machte, er konnte damit nicht umgehen, und das war ihr unheimlich. Inzwischen ließ sie es bleiben. War sie ihm vielleicht dankbar, weil er sie gepflegt hatte, oder wollte sie ihm nicht noch mehr Kummer machen, als er ihretwegen schon hatte? Oder war es eher, wie er vermutete, eine Frage des Temperaments, das da nach und nach zum Vorschein kam?

Sie war glücklich zwischen vier Wänden. Sie war auch in ihrem Bett glücklich gewesen. Von Zeit zu Zeit, abends, ließ sie eine Bemerkung fallen, die verriet, womit sie sich in Gedanken beschäftigte.

Zum Beispiel die über den Mantel. Sechs oder sieben Tage nachdem er ihren verkauft hatte, sagte sie plötzlich:

»Mir ist da was in den Sinn gekommen ... Falls sich

bei dir die Dinge so gut entwickeln, wie du hoffst... Eigentlich wäre es nicht viel teurer, wenn du mir im nächsten Winter einen Pelzmantel kauftest... Einen Feh zum Beispiel... Der hält Jahre, gewissermaßen ein Leben lang...«

Steckte sie ihre Nase in seine Angelegenheiten, ärgerte er sich darüber, und jetzt, wo sie es nicht tat, nahm er ihr übel, daß sie so nachsichtig mit ihm war. Im Grunde nahm er es allen übel, daß sie ihn nicht zurückhielten.

Dann sagte sie noch:

»Ich hab über die Wohnung nachgedacht... Im Grunde glaube ich, wir wären mit einem kleinen Haus etwas außerhalb besser dran. Da fühlt man sich mehr daheim... Ich hab auch schon meine Vorstellungen, wie wir es einrichten...«

Sie hatte tatsächlich auf dem Papier Pläne entworfen und sogar die Möbel eingezeichnet.

Bei der Liga hatte er nichts zu tun, er tat buchstäblich gar nichts. Freilich taten die anderen auch nicht viel mehr. Offenbar hielt die Liga einen Frühlingsschlaf – oder schlief etwa die Politik? –, denn es wurden keine Rundschreiben mehr an die Mitglieder verschickt und auch keine Kommuniqués an die Zeitungen. Die Besucher waren rar.

Drouin las vor allem Herrenmagazine, oder er schrieb in seiner gestochenen Lehrerschrift lange Briefe an seine Freundinnen.

Eines Morgens, als Mademoiselle Berthe beim Kommandanten war und Mademoiselle Lange zu spät kam, weil sie zu ihrer Schneiderin mußte, hatte Jean Sabin nach der Post geklingelt. Deshalb hatte Gérard die Briefe genommen, sie hinuntergetragen, an die Tür geklopft und auf die Klinke gedrückt, als die kräftige Stimme des Schriftstellers rief:

»Herein, meine Hübsche!«

Jean Sabin, mit nacktem Oberkörper, nur mit einer gestreiften Pyjamahose bekleidet, rasierte sich gerade, im Büro, bei offenem Fenster. Da merkte er, daß es nicht seine Sekretärin war.

»Herein, mein Freund... Ich hab gedacht, es wäre die Lange...«

Auf der ausgeklappten Couch lag noch das Bettzeug. Im Zimmer herrschte ein starker Geruch nach Seife und Kölnischwasser.

»Wie geht's Ihrer Frau?«

»Danke, es geht ihr gut.«

»Wie alt ist das Kind jetzt?«

»Es ist noch nicht auf der Welt.«

»Ach, stimmt ja. Da hab ich mich vertan. Na, kommen Sie doch rein, mein Freund!«

Auvinet begriff jetzt, warum Mademoiselle Lange ganz blaß wurde, wenn der große Meister eine Frau in seinem Büro empfing, und auch, warum sie an manchen Tagen mit geröteten Augen wieder hinaufkam.

Zweimal, dreimal am Tag verzog er sich, um sich um seine Frau zu kümmern, doch das war nur noch ein Vorwand, denn oft machte er sich gar nicht die Mühe, bis in die Rue de l'Étoile zu laufen. Er blinzelte nur am Faubourg Saint-Honoré in die Sonne und schlenderte zur Place des Ternes, um etwas zu trinken.

Nach fünf nahm er alle Briefe aus der Pappschachtel.

»Ich geh zur Post... Wenn es sehr voll ist, komm ich heute abend vielleicht nicht mehr her...«

Der Kommandant, der immer häufiger in der Stadt zu Mittag aß, kehrte erst nach drei Uhr ins Büro zurück und manchmal gar nicht mehr.

Wozu auch? Sie lebten von aller und niemandes Geld, von all diesen kleinen Schecks, diesen Banknoten, die der Kommandant morgens aus den Umschlägen holte und zu kleinen Häufchen stapelte. Obwohl nur wenig Post verschickt wurde, nahm sich Gérard jeden Tag vier oder fünf Franc aus der Portokasse, so daß er nicht imstande gewesen wäre, zu sagen, wieviel er ausgab, wenn er genau hätte abrechnen müssen.

Pilar wartete um fünf an der Ecke der Place des Ternes auf ihn, und sie machten sich sofort Arm in Arm auf den Weg zum Boulevard de Courcelles.

Anfangs hatte sie ihm nichts davon erzählt. Sie wirkte nur bisweilen ein wenig besorgt. Es war ihm wohl aufgefallen, er hatte sich aber nichts dabei gedacht. Erst tags zuvor, als sie aus dem ›Florida‹ kamen, da hatte sie ihm zugeraunt:

»Du könntest mir vielleicht einen Gefallen tun...«

Sie waren noch dreimal im ›Florida‹ gewesen. Im Prinzip, um Duhour aufzusuchen, doch das war weiter nichts als eine Ausrede. Duhour gab sich gar nicht mit ihnen ab, er winkte ihnen lediglich von weitem zu und kam dann irgendwann an ihren Tisch.

»Na, Kinder, wie geht's?«

Er hatte sicher die Veränderung in Auvinets Aufmachung gemerkt, aber kein Wort darüber verloren.

»Ich bin überzeugt, daß er nichts für mich tun wird. Wahrscheinlich mag er mich nicht«, hatte Gérard zu Pilar gesagt.

»Aber nein. Man merkt, daß du ihn nicht kennst. So ist er halt. Er muß sich noch an dich gewöhnen. Außerdem fängt er jetzt erst an, seine Sommersaison zu planen. Er hat Kinos in Lion-sur-Mer, in Riva-Bella und noch in anderen kleinen Badeorten. Eines Tages stellt er fest, daß er da oder dort jemanden braucht. Dann wird er sich an dich erinnern, und die Sache ist gelaufen.«

Er spürte, daß das nicht stimmte, tat aber so, als glaube er es. Man hätte meinen können, sie alle spielten das Spiel mit, sie alle vermieden es, das auszusprechen, was ihn gezwungen hätte, den Tatsachen ins Auge zu sehen.

»Hör zu, mein lieber Gérard... Es ist schon zwei Wochen her, daß ich meinen Freund nicht mehr gesehen habe. Ich hab dir nie was von ihm erzählt, aber es war dir ja wohl klar... Ich hab mehrmals bei ihm zu Hause angerufen, und da hieß es, er sei verreist. Dabei ist er nie verreist, ohne mir vorher was davon zu sagen. Ich spür genau, daß da irgendwas im Busch ist...«

Als sie die Gitter des Parc Monceau erreichten, erklärte sie ihm:

»Versuch doch, mit ihm persönlich zu sprechen! Sag einfach, es handelt sich um eine Versicherungsangelegenheit... Vielleicht passen sie ja auf und lassen euch nicht allein. Aber falls du mit ihm allein bist, dann red mit ihm über mich, dann sag ihm...«

Er entrüstete sich nicht. Dabei fühlte er sich gedemütigt wie nie zuvor, obwohl ihn das Leben weiß Gott schon arg gebeutelt hatte. Doch anstatt sich zu entrüsten, grinste er nur albern und versuchte so seine Verbitterung zu überspielen.

»Alles bestens! Schon kapiert...«

»Glaub bloß nicht, daß ich das für mich tue! Ich könnte innerhalb von drei Tagen einen anderen finden, da brauche ich nicht einmal aus dem ›Florida‹ rauszugehen... Es ist für ihn, den Armen... Ein tapferer Kerl... Ein Mann, der sein Leben lang hart gearbeitet hat, um reich zu werden. Er hat acht Kinder, alle verheiratet. Er ist Witwer. Er wohnt bei einer seiner Töchter, der er mindestens eine Million als Mitgift gegeben hat. Die überwacht ihn jetzt, im Auftrag aller anderen. Stell dir vor, sie lassen ihn sogar auf der Straße bespitzeln! Sie geben ihm nur ein Taschengeld. Er muß sich davonschleichen wie ein Primaner, wenn er mich besuchen will.«

Sie wartete auf einer Bank im Parc Monceau auf ihn, während er ein gepflegtes Wohnhaus betrat und sich an den Concierge wandte:

»Zu Monsieur Bienvenu bitte.«

»Erster Stock, aber ich glaube nicht, daß er da ist.«

Die Treppe war prunkvoll, ein bißchen düster, mit bemalten Fenstern, durch die nicht mehr Licht einfiel als in einer Kirche. Er klingelte. Ein Butler mit strenger Miene, ganz in Schwarz, öffnete die Tür und sah ihn wortlos an.

»Ich möchte gern mit Monsieur Bienvenu sprechen. In einer wichtigen, dringenden Angelegenheit...«

»Monsieur Bienvenu ist nicht hier. Wenn Sie mit Madame Dorange sprechen wollen, seiner Tochter...«

»Es ist eine Privatsache … Können Sie mir sagen, wann Monsieur Bienvenu nach Hause kommt?«

»Er ist nicht in Paris und kehrt sicher erst in ein paar Monaten zurück. Monsieur ist auf einem seiner Landgüter.«

Und genauso wie Monsieur Duhour schien der Diener die zu breiten Schultern des Anzugs, die Krawatte und das rosa Seidenstecktuch zu fixieren.

»Wo kann ich ihn erreichen?«

»Sie brauchen nur hierher zu schreiben, die Post wird nachgeschickt.«

Pilar stand sofort auf, als er zurückkam.

»Was hab ich dir gesagt … *Sie haben ihn fortgeschafft …*«

Empört sprudelte sie los:

»Er hat es seit einiger Zeit befürchtet. Du mußt wissen, er ist nicht mehr der Jüngste … Seine Töchter haben eine solche Heidenangst, er könnte ihr Erbe verprassen, daß sie mit allen Mitteln versuchen, ihn aufs Land zu verbannen. Sie besitzen ein Schloß in der Normandie, in der Nähe von Etretat, ein Landgut am Cap d'Antibes … Er wollte um keinen Preis dorthin. Ich sag dir, er hat geweint, als er mir davon erzählt hat, der arme alte Mann …

Sie haben gedroht, ihn entmündigen zu lassen. Und sie haben ihm allerlei eingeredet … Sie haben so getan, als glaubten sie, er sei nicht immer bei klarem Verstand. Verstehst du? Sie haben Ärzte kommen lassen, die sie ihm vorgestellt haben, ohne ihm ihren Beruf zu verraten. Und er hat erzählt und erzählt …

Ich bin sicher, hat er mir gesagt, *es dauert keinen*

Monat mehr, bis sie mich für verrückt erklären lassen wollen.«

»Ist er das nicht?«

»Nicht mehr als du oder ich. Komm ...«

»Wo gehen wir hin?«

»Weiß ich noch nicht. Laufen wir ein Stück!

Ich muß unbedingt die Miete bezahlen, sonst schmeißt mich die Hausbesitzerin raus. Ich hab keine hundert Franc mehr in der Tasche, und Duhour bitte ich besser nicht um Geld. Wenn man nämlich an sein Geld rührt ... Ich frage mich ...«

Und plötzlich:

»Schau mal, ob uns nicht jemand folgt!«

Sie gingen den Boulevard Malesherbes hinunter. Gérard drehte sich um, konnte aber keine verdächtige Gestalt entdecken. Im übrigen hielt er das auch für unwahrscheinlich.

»Tu's trotzdem. Sicher ist sicher. Hör zu, Gérard ... Er hat mir manchmal Schmuck geschenkt, Klunker ... Ich weiß nicht, wieviel der wert ist.«

Sie drehte sich mehrmals um, bevor sie ihre Handtasche öffnete, der sie einen mit einem Smaragd besetzten Ring entnahm.

Und wie zu sich selbst sagte sie:

»Vielleicht ist er echt, vielleicht ist er nur Tinnef. Man müßte zu einem Juwelier gehen. Es gibt da ein paar in der Rue Rambuteau, gleich hinter dem Städtischen Pfandhaus, die Schmuck aufkaufen.«

»Gib her!« sagte er tapfer und steckte den Ring in die Tasche.

»Wart mal! Ich muß dir noch was erklären. Man wird

ihn dir nicht einfach so bezahlen. Das dürfen sie nicht. Sie werden dich nach deiner Adresse fragen und dir einen Scheck schicken oder dir das Geld nach Hause bringen. Macht dir das nichts aus?«

Beinahe hätte er geantwortet: »So weit, wie's mit mir gekommen ist...«

»Sollen wir ein Taxi nehmen?«

Ein offenes Taxi, aber ja. Im verklärenden Schein der untergehenden Sonne.

»Was sagst du denn, wenn man dich fragt, woher du den Ring hast?«

»Daß er meiner Frau gehört... Sie hat doch wohl das Recht, Schmuck zu besitzen, oder?«

Sie bohrte weiter.

»Macht es dir wirklich nichts aus?«

Er begriff, daß sie eigentlich fragen wollte: »Hast du nicht ein bißchen Angst?«

Er hatte Angst. Sei's drum! Sie waren alle miteinander dran schuld. Einschließlich seiner Mutter, die zwar sein letzter Brief gerührt hatte und die sich jetzt sogar dafür entschuldigte, daß sie ihm so wenig zutraute. Sie versprach zu warten, sich noch keine Stelle als Dienstmädchen zu suchen und ihm gegenüber weniger mißtrauisch zu sein.

An einer Straßenecke stiegen sie aus dem Taxi und mischten sich unter die vielen Leute, die sich auf den schmalen Gehsteigen drängten. Es war beinahe sechs Uhr. Sie mußten sich beeilen, weil die Geschäfte gleich schlossen. Sie blieben vor den Schaufenstern stehen und schauten über die ausgestellten Schmuckstücke hinweg in den Laden hinein.

Pilar klammerte sich nervös an den Arm ihres Begleiters. Man hätte meinen können, sie zögere, sie sei bereit, die Sache aufzugeben.

»Da ist jemand drinnen... Gehen wir weiter!«

Es waren überall Kunden drinnen. Deshalb kehrten sie wieder um und schielten nach den Gesichtern der Händler.

»Was hältst du denn von dem?«

Ein noch ziemlich junger, aber schon fettleibiger Mann, der gerade eine Kundin an die Tür begleitete und zu ihnen herüberschaute.

»Ich geh rein.«

Er trat ein und zog sofort den Ring aus der Tasche.

»Guten Tag, Monsieur. Ich möchte Sie gern bitten, so freundlich zu sein und mir zu sagen, wieviel dieser Ring wert ist.«

Er war trotzdem aufgeregt. Er sah sich in einem Spiegel und wurde stocksteif.

»Es ist ein Schmuckstück, das meine Frau von einer Tante geschenkt bekommen hat und das wir im Moment nicht benutzen.«

Der Satz erschien ihm lächerlich, aber es war zu spät. Der Mann betrachtete den Smaragd genau, ging mit ihm an die Tür, um ihn gegen das Licht zu halten.«

»Sind Sie willens, ihn zu verkaufen?«

»Das hängt davon ab, wieviel Sie für ihn bieten...«

»Sie haben keine Ahnung, wieviel er wert ist?«

»Nun ja, bei einem Geschenk...«

Er wußte, daß der Mann nicht darauf hereinfiel, denn trotz seiner Korpulenz und seiner rosigen Wangen blieb er sehr kühl, eiskalt sogar.

»Ich habe mich gefragt, ob der Stein echt ist.«

»Höchstwahrscheinlich ja.«

»Und wenn das so ist?...«

»Wären Sie damit einverstanden, ihn mir bis morgen zu überlassen? Es ist schwierig, so auf den ersten Blick...«

»Können Sie auch nicht sagen, wieviel er ungefähr wert ist?«

»Ich muß ihn erst prüfen, und wenn ich mit dem Ergebnis zufrieden bin, könnte ich Ihnen wahrscheinlich, na, sagen wir, zwölftausend geben.«

Er sah ihn eindringlich an.

»Nur, ich möchte Sie vorsorglich davon in Kenntnis setzen, daß ich Ihnen das Geld nicht hier aushändigen kann. Die Vorschriften verbieten uns...«

Er sah ihn noch eindringlicher an, und Gérard wurde rot, als unterstelle er ihm, ein Dieb zu sein. Er gab sich lässig, zu lässig.

»Das macht überhaupt nichts.«

»Lassen Sie mir doch Ihre Adresse da! Morgen oder übermorgen...«

»Es ist nur... Es ist dringend...«

Das stimmte nicht. Pilar konnte vierundzwanzig Stunden warten, doch er hatte es auf einmal eilig, es hinter sich zu bringen.

Der Mann schien nahe daran zu sein, ihm den Ring zurückzugeben und seine Rolläden zu schließen, denn es war zehn Minuten nach sechs.

»Falls Sie morgen könnten...«

Da schlug er endlich ein Buch auf, das auf der Theke lag.

»Monsieur ...?«

»Auvinet ... Gérard Auvinet ... ›Hotel de l'Étoile‹, Rue de l'Étoile.«

Und sehr hastig sagte er noch:

»Ich bin morgens nur bis kurz vor neun zu Hause. Dann zwischen zwölf und halb zwei. Sie brauchen nicht hinaufzugehen. Lassen Sie mich einfach ins Büro rufen! Meine Frau ist krank und ...«

Ein Schnitzer. Hatte der Juwelier ihn denn nicht auf der Straße mit Pilar gesehen?

Sie wartete fünfzig Meter entfernt auf ihn, und er nahm es ihr übel, daß sie blaß und sehr aufgeregt war. Wollte sie ihm unbedingt Angst einjagen?

»Na, was ist?«

»Geschafft ... Oder fast ... Zwölftausend ... Er bringt sie mir morgen ins Hotel.«

Da wurde sie sehr fröhlich, aber es war nicht ganz ihre gewohnte Fröhlichkeit.

»Essen wir miteinander zu Abend? Oder wartet deine Frau auf dich?«

Er würde ihr etwas erzählen, irgendwas halt, wo sie jetzt doch alles glaubte, was er ihr weismachte.

Sie gingen zu Fuß zu den Grands Boulevards, wo sie sich für ein ziemlich teures elsässisches Spezialitätenrestaurant entschieden, in dem man ihnen eine Flasche mit langem, grünem Hals in einem Champagnerkübel auf den Tisch stellte.

»Ich hab ja geahnt, daß er echt ist ...«, sagte Pilar. »Er hat mir noch mehr geschenkt. Er war so. Wie ein kleines Kind. Er zog das Zeug einfach aus der Tasche, ohne Etui. Er sagte nur:

Nimm das, Kleines, nimm's...

Und er sah dabei vollkommen glücklich aus. Armer Mann! Ich frage mich, ob seine Töchter ihn in die Normandie geschickt haben oder in den Süden. Er hatte solche Angst davor.«

»Sag mal...«

»Was?«

»Glaubst du nicht...«

Sie hatte schon verstanden.

»Du meinst, er könnte diesen Schmuck seinen Töchtern gestohlen haben? Aber das wäre ja auch sein gutes Recht gewesen, sie haben ihn schließlich von ihm gekriegt.«

»Ja, natürlich.«

»Ich hab mir das auch schon überlegt. Daß es nie ein Etui dazu gegeben hat und daß er ihn wie wertloses Zeug aus der Tasche gezogen hat... Wenn du gesehen hättest, mit welcher Freude er mir die Sachen geschenkt hat...«

Er hatte das Bedürfnis, noch eine zweite Flasche Wein zu bestellen.

»Ich möchte dich um etwas bitten, mein lieber Gérard... Schwör mir vorher, daß du nicht nein sagst!«

Er tat so, als wisse er nicht, worum es ging.

»Warum soll ich schwören?«

»Darum.«

Sie schmiegte sich an ihn. Er zierte sich noch, der Form halber.

»Schwöre!«

»Nein.«

»Dann geh ich.«

»Bleib da, bitte!«

»Schwöre!«

»Na gut, ich schwöre. Zufrieden? Was willst du denn?«

»Das, was man dir morgen bringt... Also, das ist für uns beide... Doch! Mir liegt daran... Sonst traue ich mich nicht mehr, dich um etwas zu bitten... Ich hab noch mehr davon, du wirst sehen...«

Er trank sehr viel an diesem Abend. Zum Glück hatte er ein bißchen Geld in der Tasche. Er wollte noch nicht nach Hause. Er schleppte Pilar von Lokal zu Lokal, eins heller und greller als das andere, immer auf der Suche nach Musik und fröhlichem Lachen.

Sie wagte nicht, ihm zu widersprechen, obwohl ihr schon schwante, wie das enden würde.

»Es ist Mitternacht, mein Herz...«

»Na und?«

»Was sagt deine Frau dazu?«

»Das ist *der* doch egal!«

Da war er wieder, dieser bösartige Unterton in der Stimme und auch der störrische Blick.

»Oje, wenn du wüßtest, wie egal ihr das ist! Ob ich krepiere oder ob ich... Nein, nicht ob ich krepiere, ich hab noch keine Versicherung abgeschlossen! Ich muß nämlich mein Leben versichern lassen, verstehst du? Das hat mir mein Schwiegervater gesteckt. Und inzwischen macht meine Frau seelenruhig Pläne für ihr Häuschen. Garçon!...«

»Noch mehr?«

»Willst ausgerechnet du mich jetzt davon abhalten, etwas zu trinken? Das wäre aber komisch, das mußt du doch zugeben. Das Leben ist wirklich saukomisch! Nicht zu fassen, wie saukomisch! Und dieses Lumpengesindel, das uns angafft...«

Er hob die Stimme, und sie befürchtete schon, er könnte handgreiflich werden.

»Ach, die Welt ist ein einziges Lumpenpack! Nimm Jean Sabin!... Was?... Plustert sich auf, daß ihm die Stimme schwillt und die Visage mit dem Monokel und die ach so patriotische Brust. Das ist mir der Rechte! Jaja, was ein echter Patriot ist, nicht wahr? Und all die feierlichen Erklärungen in den Zeitungen, die Aufmärsche und die Stockhiebe auf die Rücken der Leute, die nicht so patriotisch sind wie er.«

»Sprich leiser!«

»Bei Gott, wenn er da wäre, wenn er direkt vor mir stünde, ich würd's ihm selber sagen. Er schläft in der Liga. Er läßt seine Arbeit von der Liga machen. Die Liga zahlt ihm seine Sekretärin, mit der er noch dazu ins Bett geht. Es ist das Geld der Liga, das...«

»Gehen wir woandershin, sei so gut!«

»Du hast Angst! Doch, doch! Ich seh, daß du Angst hast. Komm ich halt mit, meinetwegen!«

Auf der Straße torkelte er und rempelte einen Passanten an.

»Oh, Verzeihung, Monsieur...«

Mit ausladender Gebärde zog er feierlich den Hut, dann brach er in schallendes Gelächter aus.

»Sag mal... Ob der vielleicht auch so ein Lump ist wie der Kommandant, oder wie Drouin? Den kann ich nicht ausstehen, glaub's mir, diesen Drouin! Immer tipptopp, immer geschniegelt und gebügelt und immer die Hand auf dem Herzen. Jaja, die Hand auf dem Herzen, auf einem großen Herzen! Der Kerl hat nämlich ein großes Herz, verstehst du? Und der bringt's bestimmt noch zum Abgeordneten. Malterne ist auch ein Lump, aber nur ein kleiner. Kennst du Malterne nicht? Es ist zum Totlachen... Den haben sie vor die Tür gesetzt, weil er Briefumschläge gemopst hat. Nur, die sind heilig, diese Briefumschläge. Bloß der Kommandant und Sabin dürfen in den Schecks wühlen. Was deinen Monsieur Duhour angeht, der...«

Sie landeten in ihrem kleinen Bistro in der Avenue des Ternes, wo Gérard unbedingt noch ein letztes Glas trinken wollte, ehe er nach Hause ging. Er griff ins Leere, das Glas fiel um, er verlangte noch eins und begann zu weinen.

»Vergiß nicht, wenn ich mich langsam auf Lumpen verstehe, dann deshalb, weil ich auch einer bin. Aber ja! Ich verbiete dir, das Gegenteil zu behaupten. Im übrigen denkst du das ja auch. Der beste Beweis dafür ist doch, daß du mir vorhin vorgeschlagen hast, mit mir zu teilen. Also, was bin ich denn, hm? Ein armer, kleiner Lump! Ein ganz kleiner! Frag doch deinen Duhour, was er sich denkt, wenn er mich mit seinen kalten Fischaugen anglotzt! Und wenn ich mir vorstelle, daß in der Zeit meine arme, liebe Mutter da unten ganz allein ist... Du kennst meine Mutter nicht, weißt du. Du hast auch meinen Vater nicht gekannt.«

»Die Leute schaun schon her, Gérard.«

»Sollen sie! Garçon! Was zu trinken, ganz recht!«

Beim Hinausgehen vergaß er seinen Hut auf dem Tisch, und Pilar dachte auch nicht daran.

Ihm war schlecht, als er nach Hause kam. Linette mußte aufstehen.

»Mach dir bloß keine Umstände meinetwegen! Ich hab gesagt, du sollst dir keine Umstände machen. Du weißt genau, daß wir zwei uns in nichts nachstehen. Na, sag schon, stimmt's, Frau!«

So laut, als wollte er das ganze Hotel aufwecken, schrie er immer wieder:

»Frau! ... Meine Frau! ... Meine Frau! ...«

Und nach einem schallenden, gequälten Gelächter schlief er erschöpft ein.

Man müßte meinen, sein Instinkt sei wach geblieben, denn irgendwann kam ihm zum Bewußtsein, daß etwas los war. Er schlug die Augen auf, sah das bereits von der Morgensonne durchflutete Zimmer und ein Hausmädchen aus dem Hotel, das an der halb geöffneten Tür mit Linette verhandelte.

»Schicken Sie ihn herauf«, sagte Linette.

Trotz seines Brummschädels sprang Gérard mit einem Satz aus dem Bett.

»Nein! Ich komme runter ...«

Das Hausmädchen wußte nicht, an wen es sich halten sollte.

»Gehen Sie, und sagen Sie ihm, daß ich runterkomme!«

Er schlüpfte in die Hose, in die Jacke und strich sich die Haare nach hinten.

»Wer ist das?« fragte seine Frau.

»Erklär ich dir später.«

Im Treppenhaus erfaßte ihn Panik, und von dem Kater, den er hatte, wurde ihm so elend, daß ihm der

Kopf schwirrte und er glaubte, auf der Stelle in Ohnmacht zu fallen.

War der Juwelier vielleicht zur Polizei gegangen? Wer weiß, ob die Töchter des Alten nicht Anzeige erstattet hatten? Mit zitternden Beinen blieb er auf dem letzten Treppenabsatz stehen, dann stieg er sehr bleich und scheinbar sehr kühl die letzten Stufen hinunter.

»Da ist ein Herr im Büro, der Sie erwartet.«

Noch ein paar Schritte, dann die Tür aufgemacht! Es war nicht die Polizei, es war der Schmuckhändler vom Vortag, in einem häßlich gelben Übergangsmantel. An der Wand hing eine Uhr mit Westminsterschlag, genau die gleiche wie in dem Saal, in dem das Hochzeitsessen stattgefunden hatte. Sie fing gerade an, neun zu schlagen.

»Ich bin hergekommen, um Ihnen Bescheid zu geben ...«

Er bemühte sich zu lächeln, ohne daß es ihm so recht gelang.

»Ich bin gestern ein bißchen unvorsichtig gewesen, als ich Ihnen etwas von zwölftausend gesagt habe. Alles, was ich tun kann, ist, Ihnen dafür zehn anzubieten. Deshalb habe ich Ihnen das Objekt wieder mitgebracht.«

Schon wieder Schwierigkeiten! Er wollte nicht mehr. Er mußte es sofort hinter sich bringen.

»Haben Sie das Geld nicht mit?«

»Selbstverständlich habe ich auch das Geld mitgebracht. Jetzt, da ich mich von Ihrer Identität überzeugt habe, steht dem nichts entgegen, daß ich ...«

Eine müde Handbewegung.

»Geben Sie her!«

»Ich habe eine Empfangsbescheinigung vorbereitet...«

Neben einem Fläschchen mit veilchenblauer Tinte lag eine kratzende Feder, genau unter dem hölzernen Regal mit den Fächern für die Post. Gérard erkannte einen Brief seiner Schwiegermutter.

Er unterschrieb. Der Juwelier blätterte ihm zehn große Tausend-Franc-Scheine auf den Tisch, und er stopfte sie in seine Hosentasche.

»Stets zu Diensten... Falls Sie zufällig wieder einmal...«

Hatte der Verwalter des Hotels, der sich bei offener Tür im Zimmer nebenan rasierte, Zeit gehabt, die Scheine zu sehen?

»Auf Wiedersehen, Monsieur!«

Er nahm den Brief seiner Schwiegermutter, zögerte noch, trat vors Haus und bekam Lust, etwas zu trinken, bevor er wieder hinaufging. Einen Weißwein zum Beispiel, um sich den Mund auszuspülen. Er war in Pantoffeln und ohne falschen Kragen. Zwanzig Meter vom Hotel entfernt verzog er sich in eine kleine Kneipe, und statt des Weißweins kippte er letzten Endes einen Schnaps.

»Was war denn los?« fragte Linette.

»Da ist ein Brief von deiner Mutter! Ach, du meinst den Besuch? Der Kerl, der was für mich tun will... Du weißt schon, der mit den Kasinos... Er hat mir ausrichten lassen, daß ich zu ihm kommen soll. Anscheinend hat er eine Stelle für mich gefunden, eine, die gleich was einbringt...«

Er konnte ihr die Scheine noch nicht zeigen. Außerdem hatte er einen entsetzlich leeren Kopf.

»Bist du mit dem gestern abend weggewesen?«

»Natürlich. Mit wem denn sonst?«

»Der hat dich ganz schön zugerichtet ... Du solltest ihm sagen, daß du nicht viel verträgst. Zum Glück geht es mir besser, in ein paar Tagen bin ich wieder auf dem Damm. Dann kann ich mich wieder ein bißchen um dich kümmern, mein armer Junge.«

Er mußte sich die Nase putzen. Seine Augenlider brannten, er spürte ein Kribbeln in der Nase. Wahrscheinlich hatte er sich einen Schnupfen geholt.

»Wenn du willst, laß ich das Mittagessen vom Hausmädchen besorgen.«

»Aber nein ... Ich hab doch Zeit.«

Auf der Straße fragte er sich, ob er zur Liga gehen sollte. Er fragte sich sogar, ob er jemals wieder dorthin zurückkehren sollte. Ohne besonderen Grund graute ihm plötzlich vor dem Haus in der Sackgasse der Rue Daru.

Er würde erst Pilar das Geld bringen. Danach ...

Nur, er hatte zwei Monatsgehälter Vorschuß bekommen. Außerdem mußte er auch noch Rechenschaft über die Portokasse ablegen. Was könnte er sich nur einfallen lassen?

Die Stadt sah in der Sonne wie neu aus. Eine dicke Frau und ein Mädchen mit nackten Füßen schoben einen Wagen voller Blumen vor sich her.

Alle, so viele sie auch sein mochten, hatten einander ihr Wort gegeben, ihn nicht zurückzuhalten, und taten so, als hielten sie ihn für einen erwachsenen Mann!

7

Jahre um Jahre später sollte er bisweilen in verborgenen Windungen seines Gedächtnisses quälend scharfe Erinnerungen an diesen Tag wiederfinden, so wie man in den Nähten eines Kleidungsstücks den Sand des Strandes wiederfindet, an dem man seine Ferien verbracht hat.

An die Brasserie zum Beispiel, diese Brasserie, in der er für gewöhnlich morgens seinen Kaffee trank und Croissants aß. Tief in Gedanken betrat er sie mechanisch, sah sich völlig überrascht um und wußte im ersten Moment nicht, was ihn so befremdete.

Es lag daran, daß es nach neun war, daß niemand an der langen, hufeisenförmigen Messingtheke stand, daß der Kellner, eine Serviette um den Hals geschlungen, die Kaffeemaschine polierte, während ein anderer Mann hinter ihm, hoch oben auf einer grünen Leiter, die großen Scheiben der zur Straße hin gelegenen Fenster putzte. Warum sollte er sich so genau daran erinnern und noch als reifer Mann dieses Gefühl von Ratlosigkeit wiederempfinden, das uns beschleicht, wenn die Dinge um uns herum nicht ihr bekanntes Aussehen haben?

Er wollte zunächst Kaffee bestellen. Dann dachte er, daß das keine Frühstückszeit mehr sei. Er hatte bereits einen Schnaps getrunken. Er brauchte nur damit weiterzumachen. Aber konnte er seinem Magen trauen? Er zögerte. Er hielt diese Frage für ein ernstes Problem, und letzten Endes bestellte er:

»Ein Bier...«

Weil er immer noch einen schalen Geschmack im Mund hatte. Und er dachte weiter nach. Das war recht seltsam, diese anhaltende Nachdenklichkeit, wie das leise Nagen von Mäusen in einer Zimmerecke, während ihn eine Welle von so ungeheurer Wucht fortspülte.

Denn auf diesem Tag beruhte seine Entscheidung, keinen Widerstand mehr zu leisten. Wann genau hatte er sie eigentlich getroffen? Kurz vorher, vor wenigen Augenblicken, als er sein Hotel verließ, als er die Avenue de Wagram hinunterging, vielleicht als er die Tür der Brasserie aufstieß?

Er würde nicht kämpfen, nicht mehr. Aber ja, gewiß doch, die Leute würden lächeln, wenn er ihnen das erzählte. Nur er allein wußte, mit welch verbissener Energie er gekämpft hatte.

Jetzt würde er untertauchen, er tauchte schon unter. Er hatte die Fäden durchgeschnitten. Er würde irgendwohin gehen, wohin der Strom ihn treiben mochte. Es war bereits eine Erleichterung, vor allem, weil sein Kopf so leer war.

Hatte er im Grunde nicht immer gespürt, daß er ein Versager sein würde? Hatte es etwa die anderen jungen Leute, die anderen Kinder so auf die Straße hinausgezogen, wie es ihn hinausgezogen hatte, schon als Schüler, in einer Art Taumel?

O doch, er dachte vollkommen klar. Wahrscheinlich hatte er in seinem ganzen Leben noch nie so klar gedacht. Linette zum Beispiel. Es war eigentlich nur der Straße zuzuschreiben, daß sie seine Frau geworden war. Was ihm keine Ruhe gelassen hatte, das waren die Pärchen gewesen, die sich in dunklen Ecken herumdrückten, vor allem im Winter, wenn man ahnt, wie sich kalte Hände unter Jacken und Pullover schieben und nach feuchter Haut tasten.

Sie hatte das nicht begriffen. Sie hatte gesagt:

»Doch nicht hier, laß das ...«

Aber woanders, in einem richtigen Zimmer, in einem richtigen Bett, hätte er keine solche Lust dazu gehabt. Es war auch auf der Straße gewesen, an einem Abend mit feinem Nieselregen, wo ihr Kind gezeugt wurde.

Einmal, als er gerade sechzehn war, hatte er ein Vorgefühl dessen gehabt, was ihn erwartete, jedenfalls hatte er gewußt, was ihn anzog. Da war eine Theatertruppe auf der Durchreise gewesen, mit kleinen Tänzerinnen, mit einer Tänzerin, der dritten von rechts, die bleicher und kränkelnder aussah als die anderen, ein richtiges Elendsgesicht, dem man die Kindheit ohne Luft und ohne Sonne anmerkte.

Ihr hatte er Blumen geschickt. Das dürfte bei diesen Theatern nicht sehr oft vorgekommen sein, denn alle waren überrascht gewesen. Er war zur Abendvorstellung wieder hingegangen und hatte sich hinter die Kulissen schleichen können.

»Haben Sie mir den Strauß geschickt? Sie sind alle eifersüchtig. Sie fragen sich ...«

Es war sehr schmutzig und sehr kalt hinter den Kulissen. Die Kostüme waren mehr als abgetragen. Die

Truppe zog noch am selben Abend weiter, und er war dabei, als sie die Sachen in großen Weidenkörben verstauten, als einige ein Sandwich aßen, während sie sich umzogen. Mit seiner kleinen Tänzerin am Arm begleitete er die Schauspieler und erfuhr am Bahnhof, daß der Zug Verspätung hatte und erst für zwei Uhr morgens erwartet wurde.

Die Wartesäle waren geschlossen. Eine einzige Lampe erleuchtete den Bahnsteig, auf dem es zog und eiskalt war. Sie erzählte ihm, daß sie zwanzig Franc am Tag verdiente, daß es aber Geldstrafen gab und außerdem der letzte Regisseur mit der Kasse durchgebrannt war.

Und dennoch hatte er sie beneidet. Vielleicht auch deshalb, weil sie eine Mutter hatte, die in Paris auf den Strich ging, einen Vater, der trank, der mit einer anderen auf und davon war und der, wie sie glaubte, im Gefängnis gesessen hatte.

Er würde nicht mehr kämpfen. Es war ein Fehler gewesen, daß er es getan hatte, daß er versucht hatte, ein Mensch wie jeder andere zu sein, *ein Mann, wie ihn seine Mutter hatte haben wollen*... Wußte seine Mutter Bescheid, die arme Frau? Sie war ebenfalls ein Opfer, das sich Gott weiß wohin treiben ließ.

Er fühlte sich erleichtert. Er blieb eine ganze Weile am Straßenrand stehen, und da nun einmal alles entschieden war, hätte man meinen können, er empfinde ein krankhaftes Vergnügen daran, sich völlig auf nichtige Probleme praktischer Art zu konzentrieren.

Genau das war das Besondere an diesem Tag. Zunächst eine Welle, eine große und reißende Flutwelle, die ihn trug, ohne daß er versuchte, gegen den Strom zu schwimmen.

Und zugleich, unablässig, die kleinen, nagenden Gedanken, bisweilen törichte Fragen. So wie jetzt.

Sollte er zuerst bei der Liga vorbeischauen, ehe er zu Pilar ging, oder sollte er sich danach auf den Weg dorthin machen? Bei der Liga gehörte er nicht mehr dazu, das war ein für allemal beschlossen. Aber er würde ihnen nicht gleich sagen, daß er seine Stelle aufgab. Es sei denn, er machte sich zunutze, daß er das Geld in der Tasche hatte. Zwei Monatsgehälter von achthundert Franc und das, was er der Portokasse schuldete, das machte zusammen an die zweitausend Franc, die er zurückzahlen müßte. Dann könnte man ihm nichts mehr vorwerfen.

Es tat ihm in der Seele weh, soviel Geld herzugeben. War es nicht obendrein geschmacklos, sich dessen, was der Ring eingebracht hatte, schon zu bedienen, bevor er Pilar ihren Anteil ausgezahlt hatte?

Sein Blick fiel auf ein Milchgeschäft. Er dachte an Roquefort. Er nahm sich vor, nachher welchen zu kaufen. Für Linette, die Roquefort nicht mochte, die überhaupt nichts Scharfes mochte, würde er einen anderen Käse nehmen.

Er würde zur Liga gehen, sich kurz blicken lassen und irgendeine Entschuldigung vorbringen, sonst wären sie noch imstand, Mademoiselle Berthe loszuschikken, um sich nach ihm zu erkundigen. Mademoiselle Berthe befürchtete ohnehin, Linette könnte eine Frühgeburt haben.

»Wenn Sie wüßten, wie oft das in Paris vorkommt!«

»Warum gerade in Paris?«

»Wegen der Metro, der Treppen, des hektischen Lebens, das man hier führt... Ich seh das rundum. Die Zahl der Kinder, die vor der Zeit geboren werden...«

Das wäre fein. Ihm schien es, als würde das alles regeln. Soll das Kind doch morgen zur Welt kommen, oder heute, dann hätte er eine gute Ausrede gegenüber der Liga, gegenüber allen... Egal, was er danach machte. Er hatte noch keine Ahnung. Wichtig war nur, daß sich etwas änderte. Konnte das Schicksal nicht ein einziges Mal auf seiner Seite sein?

Seltsam, er hatte das sichere Gefühl, zum letztenmal über die Schwelle des Hauses in der Sackgasse der Rue Daru zu treten. Der Anblick von Jean Sabins Tür entlockte ihm ein ironisches Lächeln. Er ging hinauf.

»Ist der Kommandant oben?« fragte er, ohne den Hut abzunehmen, wie jemand, der sich nicht lange aufhalten wird.

»Er ist bei einer Beerdigung. Er kommt heute nicht.«

Um so schlimmer! Um so besser! Er wußte es nicht.

»Ich wollte ihn nur vorwarnen, daß ich ein paar Tage nicht dasein werde.«

»Ihre Frau?« fragte Mademoiselle Berthe, während sie sich umwandte.

Obwohl er log, wurde er nicht rot.

»Ja... Ich glaube, es gibt bald was Neues... Der Arzt...«

Und er ging davon. Wäre es nicht wunderbar, wenn die Ereignisse seine Lüge bestätigten? Kein Zweifel. Das konnte ihm leicht passieren.

Jetzt konnte er zu Pilar gehen. Er konnte tun und

lassen, was er wollte. Er war frei, konnte ziellos durch die Straßen schlendern, die Hände in den Taschen, und in die Sonne blinzeln. Da blieb er plötzlich vor den bunten Plakaten des Kinos stehen.

Er stieg die Treppe zu Pilar hinauf, mußte mehrmals klopfen, seinen Namen nennen. Sie stand auf. Er hörte, wie sie mit nackten Füßen an die Tür kam und den Riegel aufschob, dann sah er sie zu ihrer Schlafcouch zurücklaufen und sich wieder in die Decken kuscheln.

»Wie spät ist es?«

»Keine Ahnung.«

»Ist er gekommen?«

Das Zimmer war hell, sehr freundlich. Die roten Seidenkissen der Couch lagen auf dem Fußboden, neben Unterwäsche und Kleidungsstücken. Er zog die Scheine aus der Tasche und warf sie auf die Bettdecke.

»Er wollte nur zehntausend rausrücken und sagte entweder – oder...«

»Gib mir meine Handtasche!«

Sie schob fünf Scheine hinein und reichte ihm die restlichen. Dann machte sie eine ungeschickte Bemerkung:

»Die haben seine Töchter schon mal nicht! Wenn ich an diese Weiber denke... Was machst du denn jetzt? Sei so gut und schalt den elektrischen Wasserkocher an! Bist du arg verkatert?«

Er hatte die Scheine noch nicht wieder eingesteckt. Das würde er später tun, wenn sie ihn nicht beobachtete. Sie hatte ihre Schminksachen aus der Handtasche genommen, malte sich die Lippen, legte Puder auf.

Danach kramte sie in den Tiefen der Tasche herum und zog einen winzigen Schlüssel heraus.

»Gib mir das Schmuckkästchen dort auf der Kommode!«

Sie schloß es auf.

»Schau mal... Falls diese Ohrringe auch echt sind, dann sind sie genausoviel wert wie der Ring, wenn nicht noch mehr. Ich hab sie nie getragen. Kannst du dir so was an mir vorstellen?«

Es waren altmodische Ohrringe, typischer Familienschmuck.

»Er hat sich gefreut wie ein Kind, wenn er mir etwas mitbringen konnte. Er machte ein geheimnisvolles Gesicht... Dann hielt er mir die geschlossene Hand hin und sagte:

Komm, sag dem Papa schön danke!«

Das Wort saß. Gérard empfand es wie eine Ohrfeige, und er wandte den Kopf ab.

»Bei manchen größeren Dingen war es schwieriger, verstehst du... Bei diesem Schmuckkästchen zum Beispiel. Und bei diesem Stich hier überm Bett. Sie haben ihn streng überwacht. Was hast du denn?«

»Nichts.«

Warum redete sie auf einmal so mit ihm? Bisher hatte sie zu diesem Thema taktvoll geschwiegen, abgesehen vom vergangenen Abend, als sie ihn eingeweiht hatte. Sie hatte sich nie wie ein Flittchen benommen, und jetzt entdeckte er in ihrem Verhalten, in ihrer Stimme plötzlich etwas, worüber er furchtbar entsetzt war.

Offenbar war sie der Ansicht, daß sie sich von nun an ihm gegenüber gehenlassen konnte.

Noch mehr Ringe, ein Armband, ein altes, sehr schweres Zigarettenetui aus Silber mit Monogramm und innen eingraviertem Datum...

Und nun zog sie auch noch ein kleines Foto aus ihrer Handtasche. Sie reichte es ihm.

»Schau mal...«

Ein bedauernswerter alter Mann, mindestens um die Fünfundsechzig, mit schweren Augenlidern, hängenden Mundwinkeln und mit besorgter Miene. Eines dieser Fotos, wie es sie auch in Gérards Familienalbum gab.

»Findest du nicht, daß er gütig aussieht? Er hatte immer Angst, mich zu stören. Er klopfte an die Tür und fragte:

Darf Papi reinkommen?«

Da richtete er sich mit einem Ruck auf.

»Halt die Klappe!«

Sie schaute ihn überrascht und verärgert an.

»Was ist denn in dich gefahren?«

»Nichts.«

Eine Spur ihrer gewohnten Fröhlichkeit leuchtete wieder in ihren Augen auf, und sie begann zu lächeln.

»Sag mal, du bist doch nicht etwa eifersüchtig?«

»Halt die Klappe!«

»Komisch... Wenn ich dir erst erzähle, wozu er noch imstand war, der arme Alte...«

»Nein!«

»Du bist merkwürdig heute morgen... Hör mal, schalt den Wasserkessel aus, und brüh den Kaffee auf!«

Doch er rührte sich nicht.

»Schmollst du?«

Er schmollte nicht. Ihm war schwindlig. Er kam nicht dagegen an. Es war ihm, als sehe er Pilar mit anderen Augen, in einem harten, erbarmungslosen Licht.

Und einmal mehr geriet er in Panik.

»Dann muß ich eben aufstehen...«

Er ließ sie gewähren, und es beeindruckte ihn nicht im geringsten, daß sie nackt war. Ihm fiel ein Wort wieder ein, das er tags zuvor gehört hatte: »Kanaille...«

Er wußte nicht mehr, auf wen das Wort gemünzt gewesen war.

»Ist es, weil ich dir von dem Alten erzählt hab? Du hast keinen Grund, dich so anzustellen, weil...«

Sie glaubte, alles wieder in Ordnung zu bringen, doch dabei beging sie ihm gegenüber zum erstenmal einen groben Fehler: Sie nahm die Scheine vom Bett und stopfte sie ihm einfach in die Tasche.

»Lächle doch mal, du großer Dummkopf! Mit dem ganzen Zaster kommen wir eine Zeitlang aus, und danach...«

Ohne sie anzusehen, zog er die Scheine wieder aus der Tasche und warf sie aufs Bett.

»Bist du total übergeschnappt? Liegt das an deinem Kater, daß du dich so dämlich aufführst?«

Ihm war schwindlig, schwindlig... Seine Lider brannten, und er war drauf und dran, in Tränen auszubrechen.

Sie redete, und ihr spanischer Akzent ließ das, was sie sagte, noch härter klingen.

Sie tat sich ihm gegenüber keinen Zwang mehr an,

das wurde ihm klar. Sie war seine Lehrmeisterin gewesen und sah ihre Aufgabe als beendet an.

»Es ist ein bißchen spät, mein Kleiner, um plötzlich zu entdecken, daß du so zart besaitet bist. Du hast dir doch wohl nicht eingebildet, daß ich von meinem Vermögen lebe, oder?«

Er schrie drohend:

»Halt endlich die Klappe!«

Doch anstatt sie zum Schweigen zu bringen, spornte sie das nur dazu an, noch mehr zu reden. So hatte noch keiner gewagt, ihr zu kommen.

»Nein, werde ich nicht. Im Gegenteil, ich werde dir sagen, was ich von dir halte. Du bist gerade gut genug für deine Pestbeule von einer Ehefrau...«

»Halt die Klappe!« wiederholte er mit geballten Fäusten.

Sie redete immer noch. Es war nicht auszuhalten, und zum Schluß packte er sie an den Handgelenken und schleuderte sie auf die Couch.

Er war völlig bei Sinnen, wenn es auch nicht den Anschein hatte. Er hatte genug Zeit gehabt, sich damit abzufinden. Er war sich vollkommen dessen bewußt, welche Folgen das haben würde.

Es war vorbei.

Vorbei mit der Liga. Vorbei mit ihr. Vorbei mit...

Ein wenig steif stieg er die Stufen hinunter, während sie im offenen Morgenmantel auf dem Treppenabsatz stand und ihm Beleidigungen nachrief.

Von nun an war er ganz auf sich gestellt.

8

Er betrat den Tunnel, ohne sich umzusehen, ohne Bedauern, ja sogar ohne Angst. Er wußte nicht, was ihn am Ende erwartete. Er fragte auch nicht mehr danach. Aber er wußte, daß er irgendwann auf der anderen Seite wieder herauskommen würde.

Bis Mittag lief er wie blind durch die Straßen. Er hätte immer noch problemlos zur Liga gehen können. Da war noch kein Porzellan zerschlagen.

Aber es war dennoch zu spät, das wußte er. Die Fäden waren durchgeschnitten. Er kaufte Käse, wie er es sich am Morgen vorgenommen hatte. Er dachte an den Roquefort. Als er das Hotel wieder betrat, erkundigte er sich:

»Hat jemand nach mir gefragt?«

Diese Frage stellte er sonst nie. Wer hätte denn kommen sollen? Seine Mutter und seine Schwiegereltern waren keine Leute, die wegen nichts und wieder nichts verreisten, und sie würden sich nicht nach Paris aufmachen, ohne ihn vorher zu benachrichtigen.

Dachte er vielleicht an die Polizei? Er hatte seit dem vergangenen Abend nicht aufgehört, an sie zu denken, doch er faßte diese Möglichkeit gelassen ins Auge.

Was auch geschehen mochte, er war zu allem bereit. Da es nun einmal sein mußte, daß irgend etwas passierte, sollte es doch so schnell wie möglich passieren.

Ein wenig hoffte er auch darauf, daß man ihm sagte: »Es gibt was Neues da oben... Ihre Frau...«

Aber es hatte sich gar nichts ereignet. Seine Frau war bereits wieder etwas bei Kräften, hatte saubergemacht, den kleinen runden Tisch gedeckt. Und ausgerechnet sie fragte ihn:

»Bist du auch nicht zu müde?«

Er sagte nein. Genaugenommen fühlte er sich nicht müde. Es war etwas anderes, etwas, was weiter reichte, was tiefer ging.

Er aß. Er machte sich zur selben Zeit auf den Weg wie jeden Tag, als ob er zur Liga ginge. Er lief wieder herum, blieb aber innerhalb des Viertels.

Er wanderte durch den Tunnel, durch einen Tunnel, der nicht schwarz war, sondern von der Frühlingssonne durchflutet, mit blumengesäumten Straßen, offenen Autos, Straßencafés und hellen Kleidern.

Mit dem bißchen Geld, das er noch in der Tasche hatte, konnte er zwei Tage durchhalten, vielleicht auch drei, länger nicht. Er hatte überall Schulden. Es gab Lebensmittelgeschäfte, an denen er sich nicht mehr vorbeitraute.

Er lehnte sich nicht dagegen auf. Er dachte nach, mutterseelenallein, in der Menge.

Die meiste Zeit war er in Gedanken weit weg.

Es war gar nicht schmerzhaft, sondern, im Gegenteil, fast angenehm. Weiß Gott, warum er sich mit allen Fasern an diese Hoffnung anklammerte. Linette konnte jeden Augenblick niederkommen. Hatte Mademoiselle Berthe nicht gesagt, daß in Paris...

Wie das die Dinge wieder in Ordnung bringen sollte,

war ihm vollkommen schleierhaft, doch er war überzeugt davon, daß es sie wieder in Ordnung bringen würde. Auf jeden Fall wäre damit ein Zeichen gesetzt.

Was für ein Zeichen? So was läßt sich nicht erklären. Ein Zeichen des Schicksals sozusagen, das ihm die Hand zur Versöhnung reichte. Heißt es nicht in der Bibel, daß der Regenbogen...

Er kam so zum Abendessen nach Hause, wie wenn er in der Liga gewesen wäre, und er erzählte nichts. Er legte sich früh zu Bett, da er die Nacht zuvor kaum geschlafen hatte.

Beim Aufwachen war er immer noch im Tunnel. Er ging hinunter und aß in seiner Stammkneipe sein Croissant. Um zu sparen, aß er nur eins, während er in der ersten Zeit manchmal fünf oder sechs verschlungen hatte.

Da glaubten die Leute, ihn zu kennen. Alle hatten sie sich immer eingebildet, ihn zu kennen, selbst seine Lehrer am Gymnasium, die so taten, als hätten sie ihn längst durchschaut.

Auch seine Mutter. Auf dieselbe Art wie Linette, wie das die Frauen eben so tun, weil sie glauben, sie verstünden auf den ersten Blick all die Schwächen und kleinen Gemeinheiten der Männer...

Und der Kommandant... Der war nach dem Prinzip der Ähnlichkeit vorgegangen. Er hatte andere gesehen, junge Männer wie ihn, die so rastlos gewesen waren wie er, die Ängste ausgestanden hatten, und weil sie sich wie dieser oder jener verhielten, hatte er daraus geschlossen, daß alle auf die gleiche Weise enden würden.

Das war ein einfaches Mittel, damit fertig zu werden. Beinahe nicht demütigend. Er brauchte sich nur auf den Weg zur Liga zu machen, zum Kommandanten hinaufzugehen, ihm zu gestehen...

Er wußte so genau, wie er es anpacken müßte! Zuerst von seiner Frau reden, selbstverständlich, dann von dem Baby, das von einem Moment zum anderen auf die Welt kommen würde... Danach unmißverständlich betonen, daß es ihm unmöglich sei, sich an die Familie zu wenden, daß diese, selbst auf die Gefahr hin, daß ihnen die schlimmsten Folgen drohten, auch weiterhin nicht erfahren dürfte, daß sie schon vor der Hochzeit miteinander geschlafen hatten.

»Ihr Vater würde es nicht überleben... Wenn Sie wüßten, wie er ist...«

Er war imstande, all das in wohlgesetzten Worten zu sagen, es offen zu sagen und dann in Tränen auszubrechen.

Danach das, was noch zu sagen blieb, daß er nicht geschaffen sei für ein Leben in Paris, daß ihm das durchaus klargeworden sei, daß der Kommandant es doch gespürt habe...

Daß er ein Schutzgitter brauchte, Schranken...

Daß er beinahe abgerutscht wäre, daß er zum Beispiel bei der Portokasse...

Ausgezeichnet! Der Kommandant wäre entzückt. Er wäre gerührt.

»Geben Sie mir nur die Möglichkeit, ein neues Leben anzufangen, ein schlichteres Leben, weniger anmaßend, das Leben, für das ich geschaffen bin... Ich brauche nur eine Arbeit zu finden, egal, was, in einer kleinen Provinzstadt, nur nicht in Poitiers, und ich verspreche Ihnen, daß ich Ihnen jeden Monat...«

Das wär's! Das war eine Möglichkeit. Eine andere war Monsieur Duhour.

»Wenn Sie mir nicht helfen, jage ich mir eine Kugel in den Kopf...«

Er war imstande, es zu tun, jedenfalls imstande, auch das in Betracht zu ziehen, es sei denn, daß im letzten Moment... Duhour würde es nicht glauben. Er war zäher als der Kommandant. Außerdem dürfte ihm Pilar erzählt haben...

Vannier?... Vielleicht... Das war am Ende vielleicht das beste. Er würde ihm sagen: »Ich gebe auf.«

Denn das entsprach der Wahrheit. Das war das richtige Wort. Er gab auf. Aber diesmal war es keine Mutlosigkeit mehr. Nicht einmal Hoffnungslosigkeit, wie man hätte glauben können.

War denn jemals jemand dazu imstande gewesen, ihn zu verstehen? Er lief weiter. Zwischendurch ruhte er sich auf einer Bank etwas aus. Auf seinem Weg kam er auch durch die Avenue du Bois und sah mit leerem Blick die Reiter und die Autos vorüberziehen. Er sah sie ohne den geringsten Neid, ohne sich für sie zu interessieren.

Sie waren draußen, sehr weit weg, in einer Welt, mit der er keinerlei Berührungspunkte hatte.

Linette dachte immer noch an ihren Mantel für den nächsten Winter. Sie freute sich darauf, wieder aus dem Haus zu gehen und sich die Schaufenster der Pelzgeschäfte anzuschauen. Zur Zeit schwankte sie zwischen einem Feh und einem Biber.

Vielleicht! Warum eigentlich nicht? Er las alle Kleinanzeigen in den Abendzeitungen. Er stellte sich nirgends vor. Er schrieb nirgends hin. Er wartete immer noch auf das Zeichen.

Ihm kam es so vor, als sei man ihm das schuldig. Er hatte alles Menschenmögliche getan. Jetzt lag es am Schicksal, ihm zu helfen.

Er war bereit, und das war es, was zählte.

Bereit zu gehorchen. Gesetzen zu gehorchen, an die er nicht glaubte, ihnen aber gern zu gehorchen, ohne inneren Widerstand, ohne Bitterkeit, weil es notwendig war, weil er dafür geboren war.

Bereit, seine Pflicht zu tun, Tag für Tag, nach bestem Wissen und Gewissen, ja sogar bereit, gewissermaßen darauf stolz zu sein, abends mit leichtem Schritt nach Hause zu kommen, den Schlüssel aus der Tasche zu ziehen und ihn gutgelaunt ins Türschloß zu stecken.

Bereit, nachts das Kind zu schaukeln, sich die Füße in einer Schüssel zu waschen, bis es zu einem Badezimmer reichte, sonntags in seinem besten Anzug spazierenzugehen, dabei den Kinderwagen zu schieben und die sonntäglich herausgeputzten Passanten zu beobachten.

Davor würden sicher noch schwere Zeiten kommen. Das Geld! Immer das liebe Geld! Aber regelten sich diese Dinge nicht zwangsläufig von selbst? Konnte man sie denn verhungern lassen, mitten in Paris, wenn sie doch bald ein Kind haben würden?

Da er ja bereit war, alles zu tun, was nötig war!

Alles! Auch, wenn es sein mußte, wenn es keine andere Hoffnung mehr gab, seine Schwiegereltern in

Poitiers zu besuchen und ihnen die Wahrheit zu gestehen. Sein Schwiegervater würde nicht daran sterben. Das bildete sich Linette nur ein. Es würde Tränen geben, Vorwürfe. Und dann?

»Ich verspreche euch, daß ich später...«

Und der Tunnel wurde immer heller. Gérard lächelte, als er nach Hause kam, über Linette, über die kleinen rosa Jäckchen, die sie strickte, über ihre ein wenig einfältigen Pläne. Er lächelte, während er die letzten Francs zählte, mit denen er den Käse für heute abend kaufte.

»Läuft es bei der Liga noch immer gut?«

Er log nicht mehr um seinetwillen, sondern um ihretwillen, sagte ja, dann redete er von etwas anderem.

Er traf Pilar auf der Straße, während sie auf dem Weg ins ›Florida‹ war. Sie waren ein Stück voneinander entfernt. Sie schaute ihn an, war unschlüssig. Er begriff, daß es ihn nur ein paar Schritte, ein Wort gekostet hätte, und alles hätte wieder angefangen. Sie bedauerte es, das war sicher. Es lag eine Frage, beinahe eine Bitte in ihrem Blick, doch er begann, schneller zu gehen, worauf sie die Schultern zuckte und ebenfalls weiterging.

Sollte sie denken, was sie wollte!

Er wußte Bescheid.

Noch ein Abend, eine Nacht, dann mußte er etwas unternehmen. Wahrscheinlich Vannier... Oder der Kommandant. Er würde es im letzten Augenblick entscheiden.

Wenn doch nur...

Und da, als er ins Hotel zurückkam, sah er das mürrische, beinahe wütende Gesicht der Verwalterin.

»Sie hätten wirklich vorher was sagen können, daß sie so dicht dran war, daß man sie wenigstens ins Krankenhaus hätte bringen können!«

Alles wurde plötzlich ganz hell. Er schoß aus dem Tunnel hinaus, eilte mit Riesenschritten ins Treppenhaus. Er hatte das Gefühl, nur einen einzigen Satz zu machen, dann stieß er die Tür auf und prallte mit einer Frau in Weiß zusammen, die er nicht kannte und deren Gesicht von grauen Locken umrahmt war.

»Linette ...«

Der Arzt wusch sich gerade die Hände. Linette, bleich, mit schweißverklebten Haaren in der Stirn, sah ihn eindringlich an.

Bewegte sie die Lippen? Er war nicht sicher, ob er ihre Worte hörte, aber er hörte das, was sich in seinem Inneren regte.

»Es ist ein Mädchen ...«

Um so besser! Er wußte nicht, warum das um so besser war, aber es war um so besser.

Er konnte lachen und weinen zugleich. Es war vorbei. Er spürte genau, daß alles vorbei war, daß jetzt nur noch ein langer Abhang vor ihm lag, ein endlos langer Abhang, den er sanft hinunterglitt.

Er ging weder zu seiner Frau noch zum Kind. Er stellte sich in eine Ecke, lehnte sich mit angewinkelten Armen an die Wand, und dort weinte und lächelte er weiter, ganz für sich allein.

... Weißt Du, meine liebe Mama, ich habe mir gedacht, daß die Luft von Paris nicht gut ist für das Kind, das wir erwarten. Jean Sabin war sehr nobel und hat mir eine

Stelle bei einer Zeitung im Corrèze besorgt, in Tulle. Das ist eine hübsche kleine Stadt, nicht so laut, und das Klima ist hier sehr gesund.

Ich betreue die Lokalchronik und bin sicher, daß es nicht allzu lange dauern wird, bis man mir wichtigere Aufgaben anvertraut. Wir haben ein kleines Haus für uns allein gefunden, mit Garten, was Linettes Vater freuen wird.

Er mußte noch ein bißchen mogeln, *um ihretwillen.* Aber all das war beinahe wahr, würde wahr werden.

Er schrieb den Brief auf dem kleinen, runden Tisch einer Brasserie, nicht weit von einigen Kartenspielern entfernt, zu denen ein Amtsrichter gehörte und zu denen auch er schon bald gehören würde. Er trug bereits eine bedeutende Miene zur Schau, denn er hatte tags zuvor seine Initialen unter einen kleinen Artikel gesetzt, und sein Schatten, der sich neben ihm auf der sonnigen Sitzbank abzeichnete, stimmte ihn zuversichtlich.

Saint-Mesmin-le-Vieux (Vendée), Winter 1943/44

Das Gesamtwerk von Georges Simenon erscheint im Diogenes Verlag

»Da lesen ihn Hausfrauen und die experimentellen Lyriker; es lesen ihn die Stenotypistinnen und die Mythenforscher, die Automechaniker und die Atomphysiker… ja, ich kenne Texteverfasser von höchster Esoterik, die, wenn sie einmal ein Buch lesen wollen, ein richtiges Buch, Simenon lesen und nichts als Simenon, jede Zeile von ihm…« *Alfred Andersch*

»Er ist der beste Krimi-Autor unserer Tage. Er hat etwas von Edgar Allan Poe.« *Dashiell Hammett*

»Simenon erinnert mich an Čechov.«
William Faulkner

»Ich lese jeden neuen Roman von Simenon.«
Walter Benjamin

Verlangen Sie unseren ausführlichen Katalog bei Ihrem Buchhändler.

Stanley G. Eskin

Simenon

Eine Biographie

Aus dem Amerikanischen
von Michael Mosblech

Stanley G. Eskins Biographie stützt sich auf Gespräche mit Simenon, mit Verwandten, Freunden, Verlegern des Autors sowie auf das riesige, erst bruchstückhaft erschlossene Material des Simenon-Archivs in Lüttich.

»Eskin erzählt so anschaulich, als habe er von dem Gegenstand seiner Studien die einfache, farbige, spannende Erzählweise gelernt.«
Frankfurter Allgemeine Zeitung

»Mit dem Index, den zahlreichen Anmerkungen, der vollständigen Bibliographie der Werke und der Verfilmungen wird dieser Band sicher die große umfassende Biographie des Schriftstellers werden. Eskin hält auch mit persönlichen Urteilen nicht zurück; sein Buch verdient daher Aufmerksamkeit und Hochachtung.«
Die Welt, Bonn

»Ich konnte nie glauben, daß Simenon wirklich existiert. Seine ungeheure Produktion, mein immer neues Staunen über die Vollkommenheit seiner Erzählungen, die psychologische Genauigkeit seiner unendlich vielen Figuren, die Eindrücklichkeit der Landschaftsbeschreibungen vermittelten mir stets das Bild eines hinreißenden Schriftstellers, das aber so ungreifbar und unbestimmt blieb wie etwa das Bild des Frühlings, des Meeres, das Bild von Weihnachten – Bilder, die man mit Vergnügen und unbewußtem Wohlbehagen in sich aufnimmt und erlebt, ohne daß sie imstande wären, die Begriffe in ihrer Dinghaftigkeit und Identität vollständig zu verkörpern.« *Federico Fellini*

»Mit Sicherheit das umfassendste Werk, das je über mich geschrieben wurde.« *Georges Simenon*

Die Meistererzählungen der Weltliteratur im Diogenes Verlag

- **Alfred Andersch**
Mit einem Nachwort von Lothar Baier
detebe 22477

- **Pedro Antonio de Alarcón**
Herausgegeben und mit einem Nachwort von Werner Bahner. Aus dem Spanischen von Georg Spranger. detebe 21703

- **Marcel Aymé**
Aus dem Französischen von Hildegard Fuchs und Gertrud Grohmann. detebe 21704

- **Anton Čechov**
Ausgewählt von Franz Sutter. Aus dem Russischen von Ada Knipper, Herta von Schulz und Gerhard Dick. detebe 21702

- **Raymond Chandler**
Aus dem Amerikanischen von Hans Wollschläger. detebe 21619

- **Fjodor Dostojewskij**
Herausgegeben, aus dem Russischen und mit einem Nachwort von Johannes von Guenter
detebe 20951

- **Friedrich Dürrenmatt**
Mit einem Nachwort von Reinhardt Stumm
detebe 22482

- **Joseph von Eichendorff**
Mit einem Nachwort von Hermann Hesse
detebe 21608

- **F. Scott Fitzgerald**
Ausgewählt und mit einem Nachwort von Elisabeth Schnack. Aus dem Amerikanischen von Walter Schürenberg, Anna von Cramer-Klett, Elga Abramowitz und Walter E. Richartz. detebe 21583

- **Nikolai Gogol**
Die Nase
Auswahl, Vorwort und Übersetzung von Sigismund von Radecki. detebe 20624

- **Jeremias Gotthelf**
Mit einem Essay von Gottfried Keller
detebe 22443

- **Dashiell Hammett**
Ausgewählt von William Matheson. Aus dem Amerikanischen von Wulf Teichmann, Walter E. Richartz und Elizabeth Gilbert
detebe 21722

- **O. Henry**
Mit einem Nachwort von Heinrich Böll
detebe 21992

- **Hermann Hesse**
Herausgegeben und mit einem Nachwort von Volker Michels. detebe 20984

- **Patricia Highsmith**
Ausgewählt von Patricia Highsmith. Aus dem Amerikanischen von Anne Uhde, Walter E. Richartz und Wulf Teichmann. detebe 21723

- **Gottfried Keller**
Mit einem Nachwort. detebe 22494

- **Heinrich von Kleist**
Sämtliche Erzählungen
Mit einem Nachwort von Stefan Zweig
detebe 21886

- **D.H. Lawrence**
Ausgewählt, aus dem Englischen und mit einem Nachwort von Elisabeth Schnack
detebe 21907

- **Nikolai Lesskow**
Ausgewählt von Anna Guenther. Aus dem Russischen von Johannes Guenther
detebe 21651

- **Carson McCullers**
Herausgegeben von Anton Friedrich. Aus dem Amerikanischen von Elisabeth Schnack
detebe 21928

- **Heinrich Mann**
Herausgegeben von Christian Strich
Mit einem Vorwort von Hugo Loetscher und Zeichnungen von George Grosz. detebe 20981

- **Katherine Mansfield**
Das Puppenhaus
Ausgewählt, aus dem Englischen und mit einem Nachwort von Elisabeth Schnack
detebe 21705

● W. Somerset Maugham
Ausgewählt von Gerd Haffmans. Aus dem Englischen von Elisabeth Schnack
detebe 21726

● Guy de Maupassant
Ausgewählt, übertragen und mit einem Nachwort von Walter Widmer. detebe 21897

● Herman Melville
detebe 22435

● Prosper Mérimée
detebe 22447

● Conrad Ferdinand Meyer
detebe 22448

● Frank O'Connor
detebe 22451

● George Orwell
Ausgewählt von Christian Strich. detebe 21935

● Konstantin Paustowski
Aus dem Russischen von Rebecca Candreia und Hans Luchsinger. Eine Auswahl aus den Bänden ›Das Sternbild der Jagdhunde‹ und ›Die Windrose‹. detebe 21956

● Luigi Pirandello
Auswahl und Nachwort von Lisa Rüdiger. Aus dem Italienischen von Percy Eckstein, Hans Hinterhäuser und Lisa Rüdiger. detebe 21527

● Edgar Allan Poe
Aus dem Amerikanischen von Gisela Etzel. Auswahl und Vorwort von Mary Hottinger
detebe 21721

● Alexander S. Puschkin
Aus dem Russischen von André Villard. Mit einem Fragment »Über Puschkin« von Maxim Gorki. detebe 21526

● Alan Sillitoe
detebe 22402

● Georges Simenon
Aus dem Französischen von Wolfram Schäfer u.a. detebe 21620

● Henry Slesar
Aus dem Amerikanischen von Thomas Schlück. detebe 21621

● Stendhal
Mit einem Nachwort von Maurice Bardèche
detebe 22463

● Adalbert Stifter
Mit einem Nachwort von Julius Stöcker
detebe 21609

● Rodolphe Toepffer
Ausgewählt und aus dem Französischen von H. Graef. Mit einem Vorwort von Maurice Aubry. detebe 21505

● Leo Tolstoi
Ausgewählt von Christian Strich. Aus dem Russischen von Arthur Luther, Erich Müller und August Scholz. detebe 21700

● B. Traven
Ausgewählt von William Matheson
detebe 21887

● Iwan Turgenjew
Herausgegeben und aus dem Russischen und mit einem Nachwort von Johannes von Guenther. detebe 21051

● Mark Twain
Mit einem Vorwort von N.O. Scarpi. Auswahl und Bearbeitung von Marie-Louise Bischof und Ruth Binde. detebe 21888

● Jules Verne
Aus dem Französischen von Erich Fivian
detebe 22416